郭爽 著

肯定的火

译林出版社

图书在版编目（CIP）数据

肯定的火 / 郭爽著. -- 南京 : 译林出版社，2025.
4. -- ISBN 978-7-5753-0483-2

I. I247.5

中国国家版本馆CIP数据核字第2025L52Z23号

肯定的火　郭　爽／著

策　　划　王笑红
责任编辑　黄文娟
装帧设计　尚燕平
校　　对　梅　娟
责任印制　单　莉

出版发行　译林出版社
地　　址　南京市湖南路 1 号 A 楼
邮　　箱　yilin@yilin.com
网　　址　www.yilin.com
市场热线　025-86633278
排　　版　南京展望文化发展有限公司
印　　刷　苏州市越洋印刷有限公司
开　　本　787毫米 ×1092毫米　1/32
印　　张　8.875
插　　页　4
版　　次　2025 年 4 月第 1 版
印　　次　2025 年 4 月第 1 次印刷
书　　号　ISBN 978-7-5753-0483-2
定　　价　68.00 元

在不确定的、焦虑的年代，诗人W. H. 奥登写出由爱与尘土所构成的人的祈愿：“但愿……被同样的否定和绝望/所困扰的我，能呈现/一支肯定的火焰。”

也有另一支须确信的火焰。刘易斯·卡罗尔让爱丽丝梦见红棋国王，而国王也正在梦见爱丽丝，有人告诉爱丽丝，国王一旦梦醒，她将如一支蜡烛那样“呼”的一声熄灭，因为她不过是她梦中的红棋国王的一个梦罢了。

——题记

目　录

九重葛

袁园遇见章美玲，是大年廿八晚六点。腊月间天黑得早，院子里的人和树被夜色掩盖了。袁园也就没看见站在九重葛阴影下的章美玲。

章美玲倒是早就看见了袁园。路的尽头响起行李箱拖动的声音。轱辘辘的声响带出一张白而细致的脸，映照在橘色路灯里。尽头一扇大门，琉璃瓦盖下四根印度红大理石方柱，柱子间夹着保安室。袁园冲保安室方向点了点头，迎着橘色路灯和九重葛填满的道路往院子深处来。

行李箱轱辘轱辘地从身边擦过后，章美玲开口喊："袁园！"两人定睛对视，袁园喊："章阿姨！"顿了两秒又说："你，怎么在这里？"

二楼人家亮着灯，窗户紧闭。章美玲疑心那似有似无的一声“呜”，是狗挨了打，或被掩了口鼻。她不能就这样走掉。但杵在这里太久，寒气一点点渗进手脚，又动摇了她的意志。

错就错在心软。心一软，解了宽宽脖子上的绳扣，狗儿蹬着腿就跑走了。章美玲原先觉得，宽宽跑不远。小公狗围着母狗的屁股打转转，转够了，或者被大狗踹了咬了，又会哼哼着跑回来。宽宽还小。可是这天，章美玲在院子里走了好几个来回，宽宽也没有出现。她认得宽宽跟着的那条母狗。雪纳瑞，纯不纯不好说。平常总被那家女儿抱在怀里，似乎爱惜金贵，很少下地。天冷了后，雪纳瑞穿羽绒服，一天一个颜色，下了不少本。宽宽追过去的时候，雪纳瑞在上楼梯，后腿和屁股亮着。宽宽嗅着雪纳瑞屁股跟随，步子踩得温柔。章美玲的手机响个不停，微信群里估计又在抢红包，她就掏手机出来，手指头又干又僵，在屏幕上划了半天才打开。抢了几个，她有点兴奋，步子往单元楼切割出来的小路上走。等到她从手机的热闹里抽身出来，抬眼四望只剩团团漆黑，才发现宽宽没回来。又听了一会儿，二楼人家有狗吠起来。不是宽宽。

袁园盯着她问，她只好说：“好冷哟。”

“你回来了？”袁园的语气里有惊奇。

“狗儿不听话。”章美玲伸手指指二楼人家。

“找保安去敲门？”袁园也不确定这家住了什么人。

章美玲连连摆手：“你先忙，你先忙。”

袁园记下章美玲的电话，就走了。脚步离开后，身子却回转，看了看树荫下的章美玲。

章美玲仍口齿清晰，戴文雅的珊瑚红金属框眼镜。即使手指上没有沾着粉笔灰，也让人难忘她是“传道授业解惑”之人。只是，与老师的身份相比，这些年来，她更为人所知的身份是美人及不伦恋的主角。关于后者，更通俗的说法是——荡妇。

“荡妇”这个几近永恒的谈资，在袁园回家的当晚，就出现在与父亲母亲的谈话里。

跟往常一样，父母等待她说一路见闻，从话语里剥出点新鲜事，给两个老人带来些外面的气息，好把又一个冬夜打发过去。袁园也就如往常一般说起来，日常与旅途，尤其旅途中的村寨、溪流、稻田、苗人。真正的际遇，那些关于人的，她最后才说。

“就是口红涂得像要吃人的那个吧。”母亲说。

“她呀。”父亲说出半句话。

“老得让人认不出呢。”袁园说。

“五十多了吧。”母亲计算。

“当年人人觉得她美。”袁园嘀咕。

“人人？”父亲又是半句话。

“我们这些女学生，都羡慕她的衣裳和口红。”

袁园与母亲议论了几句女人的装扮与衰老。

母亲突然说：“她那个丈夫，又有了新的人呢。”

林冬莹记得章美玲。除了她教过女儿语文，林冬莹更记得些别的。比如，章美玲看上了别人的丈夫，亦忘掉了自己的丈夫，还忘记了所谓“为人师表”，离婚、结婚，闹得工作差点丢掉。很难说是哪些原因，让林冬莹在言语里对章美玲刻薄。

“她好像搬回来了。”袁园想起来了似的。

“比她小二十来岁，小妖精。她有的受了。”林冬莹细密说着听来的情节，怎么讲都是荒诞。好不容易结成新的婚姻，也没经得起更多的时间。或许那丈夫原本就荒唐。

“你从哪里听来这些乌七八糟的。”袁天成吐出一句完整的话。

“你退了休也不活动，天天闷在家里头，晓得什么？”林冬莹嗔他。

袁园倒是想起别的事来：“房子空了这么多年，还能住吗？”

“好男不养猫，好女不养狗！”林冬莹不像是在回应女儿。

这些算起来相识，但其实与袁家并无关系的人的故事，日复一日在餐桌上被咀嚼吞咽。曾经，父母也会参与这种三人之间的游戏。像玻璃跳棋，三人各踞一角，轮番跳跃，争先恐后。但这些年，他们说得少了，似乎他们所知的那些人和事，都在被一个叫死亡的窟窿吸走。他们也就显出沉默来。

高铁去年底终于修通了。回乡的路，从沉闷的飞机旅程，变成了更加沉闷的高速火车旅程。车子摆着细长的身体，从海平面的高度往崇山峻岭中攀爬。据说，这些山远古时都是海，所以沟壑纵横，险峻逼人。窗外一片暗色，隧道紧咬着隧道，只剩二等车厢里惨白的灯光，映照出旅人一张张疲惫的脸。

高原最冷的时节，雨下到半空就成了冰珠子，等到了地上，则结成一片一片的薄冰。冰覆在泥浆上，污脏难辨，徒添凶险。

这样的气温里，九重葛罕少绽出花朵，但枝条高企，叶片常绿，也是冬日一景。袁园大学毕业后居住的城市在北回归线以南，四季不分明，夏天最盛时，立竿不见影。九重葛在那里几乎四季开花，尤其在天桥，往往一大片垂下，如瀑如云。这植物的架势靠的是枝条的气力，常见往上生长、活泼野蛮的枝条。但花朵其实很小，漏斗形，一生三朵嵌在苞叶里。苞叶薄如纸，夹进书本里迅速失水。

袁园小时候，袁天成有阵子喜欢弄盆景。这方水土出兰草、奇石，天生好材料。袁天成指着九重葛跟女儿说：“这花最顽强，剪一枝，插进土里就能活。”

大概因为生命力强，建这座家属院时，沿着道路两边植下的九重葛，很快生根蓬勃。二十年下来，九重葛成了院子里最热闹灿烂的植物。只是这花也不是全都好，花开固然如火如荼，但总不肯凋落，花褪色后也企于枝头，将衰败后的颓唐污脏一应奉上。

袁园还在刚到家的怅然中神游，林冬莹却一句话击醒了她。母亲说，你顾叔叔就要放出来了。

按林冬莹的说法，顾言刚减了刑，还有大半年就刑满释放。这个消息，让袁家餐桌上的氛围闪回到多年前。林冬莹在意的，是顾言刚出来后，会不会回到小城生活。袁天成则关心，顾言刚这些年在牢里过得可好，顾家有没有新的打算。他们都催促女儿，你快去跟恬恬聊聊，聊聊啊。

袁天成说起顾恬，总亲热地称呼“恬恬”，有时候，也会用顾言刚唤女儿时用的名字，“老恬”。袁天成叫顾恬作“老恬”的那些年月，袁园和顾恬都还是小朋友。袁园喊顾言刚“顾叔叔”，顾恬喊袁天成“袁伯伯”。顾叔叔和袁伯伯是好朋友。好到什么程度呢。顾恬和袁园几乎每天都玩在一起，睡在一起，扎一个款式的小辫，对着相机摆出一模一样的动作。两个爸爸在篮球场的哨子声里跑来跑去，两个孩子就扯杂草，捡落叶，假结婚。所有的蚂蚁和麻雀都认识了她们。

现在，退休后的袁天成被熟人唤作“袁伯”，两个女儿也过了三十岁。不变的东西也有，袁天成两天里跟女儿提了几遍，问恬恬了吗？恬恬怎么说？问到第三遍的时候，他小孩子一般恼道，老恬等着呢。袁园问，等着什么。他转身走出房间去了。

袁园没有马上联系顾恬。顾言刚入狱后，顾家在这院子里只剩房子的空壳。顾太太朱虹跑到服刑地所在的小县城守着，个别念旧情又还有点能量的老同事，慢慢帮她把工作调动去了小县城的国企。女儿顾恬呢，跟袁园一样，早已考上外地的大学，离了家。这么算起来，顾恬已有十年没回来过了，或者说，顾家从这院子里，已消失了十年。

袁园缩在被子里翻顾恬的朋友圈。如果说，从五岁到十七岁，一起长大的经历让两人有某些共同点的话，大概是抛不下自尊。报喜不报忧，顾恬发的都是值得高兴的事。袁园也就在发送信息的界面止步了。真有什么的话，顾恬自然会开口。她们都这般要强。

年三十晚上，袁园在一堆信息里看到顾恬的问候，果然是干脆简洁的："新春大吉，阖家美满！我初二回来，到时约？"袁园直接回："初二来我家吃饭。"顾恬问："袁伯伯还好？"袁园回："身体还可以。你来他肯定高兴。"顾恬发来一串笑脸："好，我来给袁伯伯拜年。"

顾恬搬了箱猕猴桃来。林冬莹看一眼，招呼她吃车厘子。暗红色的果实在盘子上堆出个小山包，瓜子花生之类的便宜货倒是不见踪影。袁园不做声，跟袁天成一样，老老实实对着眼面前的茶杯。

“阿姨的手艺你还是记得的吧，啊？”林冬莹堆出些笑容来。她从小就教育袁园，不要动不动就跟人笑，穷亲戚脸上最爱带笑，因他们除了笑什么也拿不出来。偶尔，笑容闪现的时刻，她让女儿去领悟到底是什么用意。

在她的笑容攻势下，顾恬也笑了笑：“好啊，阿姨的手艺我怎么会不记得。红烧肉！”两个女人手牵着手，差点就要头挨头来显示亲密。这么多年了，顾恬和袁家，都没有变。这些辞令和身体语言里的规矩，还是一模一样。

四个人，四杯茶。袁天成循着袁园事先铺垫过的细节，问候着顾恬和顾家的种种变化。顾恬也由着他，顺着无关痛痒的谎话继续用谎话作答。顾叔叔好着呢，顾太太也是。顾恬也好着呢，顾恬的丈夫和孩子也是。外地的生活，自有外地生活的滋味呢。袁天成于是松软了，在话语里幸福着。

顾恬的一句话，却让袁天成意外。她淡淡说：“这次回来，要把我们家房子卖掉。”

袁天成怔怔道：“卖掉？”

“八月份我爸爸时间就到了。我做点准备。”

“是你爸爸的意思？”袁天成不解。

“他不晓得这些。”顾恬喝一口茶。

“卖了你们住哪里呢？”袁天成皱眉头。

“袁伯伯，这里这么多人恨他，回来住不得。你晓得的嘛。”

林冬莹这时却是一句话没有，只招呼吃车厘子：“吃这个，恬恬，对皮肤好。”

袁园把母亲塞进手里的一颗车厘子放下，说：“顾叔叔到时候跟你去北京住？”

“不管是北京还是哪里，反正是不住这里了。”

沉默了半天的袁天成突然说：“其实回来也没什么的。你看对门，还有楼上，哪个不是又回来住在这里呢？”

袁园想起了她以前跟母亲说的一句玩笑话：“现如今，我们这栋楼，楼上楼下住的都是劳改犯。”林冬莹听了这话大笑。袁天成听了，却是恼恼地沉默。

“哎呀，袁伯伯，我爸爸那个脾气，你又不是不晓得。”顾恬说完这句，一口气吃了四五个车厘子。

顾恬一走，林冬莹就品评顾恬的穿着打扮，一如既往地想表达，顾恬从来不如袁园，而锻造出这么一个女儿，顾太太朱虹也是一如既往地差劲。“粉扑成那个样子，还盖不住满脸的斑。”“个子也太矮了，像是十几岁后就没有长高过。”

袁园和袁天成都没有接话。父亲在想什么，那覆满灰白头发的后脑勺并没有显露。但母亲的话，多少激起袁园心里积灰的情绪。与父亲和顾叔叔的友谊、袁园和顾恬的友谊相比，母亲从不认也不表现出与顾家的友谊。不好的日子里，她对顾家的厌恶与嫉妒在言语里递增。好的日子里，谈到顾家的不幸或霉运，也只是“唉”一声，然后说些“怪不得别人”之类的话。并非母亲是个恶毒的人，很多时候，她只是把袁园和父亲藏而不露的心思一字字抛掷进空气里。像大部分时候，这个由沉默的父亲和安静的女儿组成的家庭里，总需要生气盎然的母亲来捣出一汪活水一样。

“都这样了，他家还端什么架子。”林冬莹嘟囔。

“卖了也是几十万。”袁天成说。

“几十万”几个字似乎对林冬莹产生了效果，她说：“对啊，顾言刚放出来，连工资都没得。”

袁天成被这句话提醒了似的猛抬头，却不肯再说话。

“你那点退休工资，大病是不敢生的，打打小麻将倒是够了。”林冬莹笑说。

三人并没有沉默太久，沙发上一只手机叫起来，唱的是儿歌。“有三只小熊住在一起，熊爸爸、熊妈妈、熊娃娃。熊爸爸身体强壮，熊妈妈美丽漂亮，熊宝宝呀好可爱呦，一天一天长大了。”

袁园开门把手机递给顾恬：“我送你。”

“三只熊啊。”两人一前一后下楼，袁园说。

“三只熊？”顾恬抬头。

“你的手机铃声。”

“哄孩子。”

钥匙在锁孔里翻来覆去转了好多遍后，顾恬终于用力一把推开了门。门“呀”的一声像发出预警，空荡荡的房子里回旋着的风向她们涌来。

“家具呢？”袁园问。

“当时都搬走了嘛。”顾恬答。

两人在顾家旧居里打转。顾恬检查每一扇窗户、每一道门、每一个锁孔。顾恬似乎并不像她所说的，是带袁园来看一眼，估估价。倒像在执行某种工序，用一对眼一双手，扫描、录入、归档、存储。把这套房产证上写着“顾恬”的房子收纳折叠、反转变形，塞进她隐形于心口的小叮当的百宝袋里去。

雨一丝一丝下坠，接近零度的空气里的雨，让电缆上结出亮晶晶的冰碴儿。袁园揣在大衣口袋里的手，不自觉地捏成两个拳头，想要蓄住一点热气。顾恬则直接搓起手来，大概那一串丁零当啷作响的钥匙，太凉了。顾恬还是比袁园矮半个脑袋，维持着她们十五岁时就已固定的身高。

顾家旧居与袁家一样，都是三室一厅。同样面积，同样格局。顾恬和袁园曾经的房间，也是这三居室里的同一间次卧。只是从她们的房间看出去，不是同样的风景。当年集资建房，知道两家将会住进同一栋家属楼，两个孩子兴奋了很久。袁家在二楼，顾家在五楼，步子快一点，到对方家只需要一分钟。

如今，从顾家五楼朝南的窗户看出去，已经不是袁园记忆中的景色。

远处，小城里长出新的丛林。簇集的商品房，照搬沿海城市的塔楼样式，似乎一夜之间就立起来。连绵冻雨抽干了天空的颜色，灰色天际线直压塔楼顶尖。

家属院围墙多年未维护，墙体早已被雨水侵蚀成青灰色。一墙之隔，新修的商品房小区仿欧式小洋楼，淡粉色外墙簇新扎眼。粉色小楼之间，园林别致有序，不知从哪里移来的榕树、冬青，拱照出墙这边没有的气象光景。

袁园数数墙这头的独院小楼，最早修给书记们住的房子，不多不少只六栋。老干部们多已驾鹤西去，子孙们有能力的，翻新外墙；没心思的，任墙皮褪色，木窗棂脱落。至于她跟顾恬所在的家属楼，20 世纪 90 年代修建时还属气派，如今在外面世界簇新楼房的映衬下，只是黯然了。房子不会迁移，十二栋家属楼仍积木一样堆在这黄金地段，组合出政府曾有的架构和它的职员们的家庭。但随着政府搬迁到新区新址，跟出租车司机报地名时，家属院已变成难以形容的模糊地段。要回家，袁园一般只能说："乐淘淘超市斜对面。"

"我爸妈在这里住了二十年了。"袁园说。

"居然这么久了。"

顾恬的话出奇地少。

这里曾是一个崭新的顾家。顾恬房间里镶木墙裙，贴华丽墙纸。如今，蓝色窗玻璃过滤了光线，让二十年前陈旧的装修愈显衰朽沉寂。窗帘发黑变脆，只剩史努比和花生家族的图案兀自欢欣。

在这个房间里，十五岁的顾恬曾问十五岁的袁园：“为什么跟陈勇在一起？”

袁园说：“我不想待在家里。”

后来顾恬又问过：“为什么跟陈勇分手？”

袁园说：“我不想回来了。”

如今，顾恬和袁园三十二岁。这些，自然都不提了。

说是送顾恬，两人却不知不觉间爬了楼、看了房，还不知不觉走出院子来，走到街上去。

从院子东门出来，是条南北向的主干道。往南走，东边是片厂区，宿舍、学校、医院自成一格。往北走，依次路过政府旧址、闹市、中学，跨过一条东西流向的河以及桥，公园、车站、商场布局在河的北岸。这些景致物事，处处可见，无甚特别，只有这条河，还有河北岸的公园，算得上全国知名。市民们都会背陈毅元帅给公园的题诗，“真山真水到处是，此处布局更天然”。也不忘说起，巴金和萧珊就是在此度的蜜月，这里是爱情的福地。总之，好山好水孕育出真善美。

袁园和顾恬一起从桥上走过的时候，却没有想到这些她们从小就知道，以至于快忘记的事。公园大门挂上了迎春的大红灯笼，花盆堆叠拼凑出“春节快乐”四个字。顾恬说，走，游泳去。袁园笑了，这个天气，我们两个怕是会牺牲哟！

玩笑归玩笑，两人还是往公园里走。不变的是河。袁园走了很多地方，但没见过哪里的水有这个颜色。大概只有那些最懂得光线和色彩的画家，才能模仿一二。夏天在河里游泳，光脚踩下去，任你是男人女人小孩老头，河都用水草回馈温柔。袁天成和顾言刚都有一身好水性，在河里托着两个女儿浮游。游累了，就翻身上船，木桨推开水草，往河的隐秘处去。不管母亲们在岸上如何抗议，两个父亲都像调教男孩一样调教着女儿的脾性。顾恬在水里搂住袁园的脖子：“千万不要放开啊，不然我要死了！”袁园于是不放手。两个人连成两个秤砣，一起沉到河底去。两个年轻的父亲“哈哈”笑着，捞鱼一样把孩子捞起来。

顾恬久没来公园，路却是比袁园更熟，从小，她就是方向感更强的那个。两人沿河岸一路向前，跨过石墩子垒成的“百步桥”，走去儿童乐园。小火车、碰碰车早已更新换代，还新装了小型云霄飞车。但在游乐场的边上，拆下来的一套转转车还没来得及搬走，或者是根本不打算搬走了。两人一前一后，挤进去坐着。顾恬说，不晓得我们种的橘子树还在不在呢？袁园却是忘记了，我们还种过橘子树啊？顾恬笑，就在碰碰车后面，我们不是把吃橘子吐出来的籽全部种下去了嘛！

游乐场开业那天，两家人一起来尝新鲜。脚踏车一左一右两人位，袁天成领着袁园上去了。顾家则是朱虹带着顾恬上去了。从架在半空的轨道上可以俯瞰整个乐园，碰碰车、海洋球、旋转木马都没这气势。从半空看下去，顾言刚和林冬莹是两根盐柱，而当他们抬起头时，就变成了两株向日葵，要转动头颅紧紧跟随半空中的丈夫、妻子和女儿，才不致孤单。

顾恬的记忆版本是，她跟朱虹骑了上去，但骑了一截就害怕得哭起来。她下来后，朱虹不想浪费票，就独自上去踩单车。朱虹全程绷着脸，像是在完成任务。顾恬觉得奇怪，袁园怎么就不害怕，骑到天都快黑了。顾言刚又要“锻炼”女儿，于是给顾恬三块钱，让她去乐园门口的小摊那里买橘子。顾恬平生第一次离开大人独自去买东西的经历，就这么突然到来。等她拎着橘子回来，袁伯伯和袁园才从天上回到地下。父亲对她说："顾言刚的女儿怎么能没出息呢？"顾恬听了，只拉着袁园往林子里去，刨个土坑，把嘴里蓄的橘籽埋进去。更让袁园做证，看她生吞几粒橘籽。"橘子会从我头顶上长出来的。"这是顾恬的壮举。

"这两个爹，我们那么小，他们还搞什么男子汉培养计划。"三十二岁的顾恬摇晃转转车的座椅。

"怕他们哪天不在，我们就被人欺负了。"袁园说。

她们的身体，比五岁时折旧了不少，但是，要轻盈得多。面对面，她们仍像两颗玻璃球，停留在绷紧了的蚊帐上。但不再像以前那样，迅速被重力牵引滑向对方，在蚊帐的中心陷落。她们都控制住了神秘的牵引，稳稳停在一角。

顾家和袁家，在家属院修起来之前，就结下了缘分。那时顾言刚和袁天成都是两个刚转业的小年轻，在同一单位同一科室。

对外人而言，顾言刚入狱、顾家的衰败是泥石流般的坍塌，迅疾，猛烈，轰隆作响。但对袁家来说，顾言刚的升迁与顾家的兴盛同样道路漫长，几乎耗尽了他们所有的记忆容量和情感热度。

在袁园小朋友眼里，恬恬的爸爸顾叔叔是一个神奇的大块头。长大后她知道，顾叔叔身高不过一米六几，远远称不上高大。可是在很长时间里，他粗壮的胳膊，夏天吃西瓜打赤膊时露出的胸口伤疤，都显得孔武有力，预告着一个陌生世界及其规则。她和顾恬都相信，伤疤是顾叔叔打老虎时留下的：“老虎还是多凶的，给我一爪！”

恬恬的妈妈朱阿姨则是小个子。她头发全部往后梳，露出鼓鼓的额头和一张圆脸。发髻扎得很紧，不像有些长发的阿姨，发髻松松垮垮一挽，看起来很温柔。袁园倚在她怀里撒过娇，多半是跟恬恬一起讨糖吃或者申请看电视的时间。她的怀抱温暖，却并不绵软，让袁园不想依恋。

朱阿姨对袁园是好的。有阵子流行盘头，从耳侧揪起发束，分作三股，手势沿着脑袋绕一圈，不断增添进新的发束。女孩子的头就变作一朵向日葵。最后一定要在耳侧扎上大红或水红的绸子。绸子精细折叠、捆扎再散开，开成一朵大大绽放的牡丹。恬恬头上长出一朵大红牡丹后，朱虹说，“袁园来”，然后让袁园头上长出同样一朵。顾恬和袁园就成了祖国大花园里最新鲜的两朵小花。

看到女儿头上长出的大红花，林冬莹很不高兴。她指责朱虹随意给自己女儿打扮，又说，“大红色，这么土气，她也不看看你的衣裳和皮肤”。三两下，林冬莹就把那朵精致叠出的牡丹花从袁园头上扒了下来。盘成向日葵的发辫也一点点松开。林冬莹用她的橡胶梳子在袁园头皮上刮了几下，扎出个高高的马尾辫。“小姑娘，扎马尾最洋气了。她就是脱不了土气。”

袁园是个敏感的孩子，母亲扯着头发时比平常更大的力度，让她察觉到了怒气，虽然她还不能明白母亲为什么生气。但她爱母亲，她愿意为了让母亲高兴而做一些本不会去做的事，比如，说顾家的坏话。她确实在顾家看到一些跟自己家不同的细节。比如，客厅里，塑料花瓶里插了几根孔雀毛，摆得有些久了，孔雀毛和花瓶都积了灰。袁家也插过孔雀毛，只是林冬莹一句“过时了”就扔了。或者，朱阿姨穿着白纱的结婚照，染色的师傅似乎走了神，把她的眼眉染得过绿，而嘴唇又过红。袁园说这些细节时，林冬莹总是呵呵笑，像是她自己并不曾发现。她仔细听女儿说完，然后笑起来。那时候，袁家比顾家的境况要好许多。家具、电视，林冬莹的口红甚至绣花丝绒拖鞋，都是朱虹不能奢望的。林冬莹尤其得意的是，袁家在沿海有亲戚，总能寄来洋气的海产干货，以及让袁园穿上看起来像个洋娃娃的洋装和连裤袜。

让林冬莹觉得自己比朱虹高一等的，还有丈夫的态度。朱虹挨顾言刚打。

“谁让她选个这样的男人呢？”“要是我，就住回娘家去，看他吃什么、怎么过！”林冬莹能体会丈夫的暴力和妻子受辱的况味，但当对象是朱虹这个具体角色时，她言语里表现出的态度并不像个女同胞，而更像是男人。

顺着这样的逻辑，林冬莹还说，“可怜她生得难看，手脚又蠢笨”，“不懂得讨丈夫欢心，以后日子也难过的吧”。

袁天成却是同情。虽然朱虹长得不好看，做菜难吃，谈吐迟钝，但她并不该就挨打。对于自己的好朋友做出这样的事，他劝阻，但也只是言语劝阻。在他看来，顾言刚的许多苦衷，别人并不知道，或许连他也不能完全理解，但一定有其成立的理由。

小城的枯寂生活里，打老婆都能成为一桩谈资。顾言刚自己却是满不在乎。袁天成迷武侠小说，顾言刚常说他“你就是看书看多了，书呆子气太重”。顾言刚在想其他更重要的事。

他最先感觉到的，是那些留在部队的战友纷纷转业回乡。其中有几个感情深的，专程绕道来看他，谈起大裁军，“日子要从头过了”。跟他一样，袁天成也在接纳战友，其中不乏打算领了津贴回乡下种地的人。

到了夏天，顾言刚已经跟袁天成说，“日子可能要起变化”。

顾言刚虽然还未调入党政部门，但关心时事，留意国家各项政策变动。他说，工人可以被“辞退”，还提到“待业保险”。到了冬天，他直接说，沈阳一家国营防爆器械厂宣布破产。“可以宣布破产，你知道是什么意思吧，厂子里的人没有铁饭碗啦！”

在这些事情上，袁天成显得迟钝而保守。他还年轻，刚三十出头，一手公文文书写得漂亮，晋升有望。他娶了漂亮太太，生活可说平顺。对于可见可控范围之外的东西，他并不曾焦虑。所以，顾言刚先行一步调进了核心部门，深深刺激了他。他沉默了一阵，武侠小说照旧摊开在沙发扶手上，只是不见他埋头其间神采奕奕。

关于自己生活的环境，袁天成跟女儿袁园打过比方。大家族，几十个儿子，广东、江苏是最争气的，我们这个省，先天不足，只能靠当妈的贴补。具体而言，这地方的支柱产业是白酒、烤烟、药材，而对他们这个省城边上的小城来说，这三样又一样都不占。只有两所大学，民国年间建的。有条河，依着河有个算得上出名的公园，是旅游景点。

顾言刚和袁天成两个年轻人，那些年除了上班，折腾也围绕这两样家门口的存在，大学和公园。

顾言刚先是提了几个橙子来袁家，说是橙子，皮却是柠檬黄，凹凸不平，像卫星拍摄的月球表面。他说让袁天成研究研究。“我不爱吃水果，留给袁园吃吧。”袁天成放下橙子。顾言刚却坚持让他现在就削一个试试。袁天成用水果刀把橙子切开，吃得咂舌头：“这么苦，这是什么橙子？”“农学院培植的新品种，失败了。卖是卖不出了，免费送。”顾言刚说。“你都说卖不出了，拿来干什么？”袁天成擦手道。“免费送啊，你想想，那一大片林子，我们想办法把它卖了。”顾言刚看起来是认真的。袁天成拿起一个橙子，闻了闻：“闻起来倒是香，就是味道太差了。”“记不记得我们在上海学习时去的西餐厅？服务员给我们倒了杯喝的？”顾言刚提醒。“咖啡？”袁天成说。“不是不是，咖啡之前。”“噢，柠檬水。”“你把这个泡在水里试试？”袁天成起身倒了杯水，丢了一瓣橙子进去，喝了一口，“诶，这还可以。”“废物利用是不是？我们就去卖这个，按个数卖。”按个数而不论斤卖的丑橙子，袁天成给它取了名叫“沁橙”，沁人心脾。基本是靠口口相传，那个冬天，小城里有点脸面的人家都泡橙子喝了一个冬天。两家的太太负责送货，不认识的人还不卖。顾言刚和袁天成在袁家喝酒开玩笑：“天成，这个事，也只有我们两个做得成！”

生活中，两个人干卖橙子这样可以嘻嘻哈哈应对的事。工作上，顾言刚也展露出过人的胆识。要把旅游搞好，就要下功夫。顾言刚从区里各文职单位抽调了几个年轻人给部里写材料，深入分析各个景点的文化含蕴、历史意义。这其中就有章美玲和袁天成。章美玲负责写导游手册，把历朝历代的文学家为公园写下的辞章诗句融合起来。顾言刚仔细看这篇不过千字的文章，看完后问袁天成有什么想法。袁天成指出其中最简明的几句诗，说可以用作宣传口号。顾言刚却说，应该去上海拜望巴金老人，他跟夫人萧珊在公园度过了蜜月，请老人为我们提点提点，要搞好旅游，没有文化积淀，就挖不深。后来去没去上海，见没见巴金，记忆已经模糊了，倒是公园里真改了一处园子的名字，挂匾题名“憩园”。袁天成很服气。别人说到顾言刚如何能干，他总要补充：“没有人赶得上他。”

两个女儿虽长大了一些，但仍在扯杂草、玩泥沙、过家家，像大部分孩子一样，在过儿童该有的生活。所以那天突然到来时，袁园只觉戛然一声响。

那是袁天成单位组织的家属茶话会。太太们带着（学龄以上的）孩子到单位的会议室去，剥花生吃水果。在一个年轻干事的主持下，小朋友们做代表，挨个介绍自己以及父母。

会议室里放了一圈蒙着蓝布的沙发，沙发靠背和扶手上搭着米白色镂花方巾。母亲就抱着孩子坐在沙发上。那些跟袁园一样身份的孩子，口齿都比她伶俐许多，自我介绍听起来像是提前背好，话音一落总引得大人们鼓掌。

袁园紧张，越来越紧张，临到只有两个名额就要发言时，紧张已逼得她的膀胱胀大到就要尿湿裤子。甚至，她的眼角额头，都紧张得逼出液体来。袁园急急告诉母亲要上厕所，不等林冬莹作答就逃出了会议室。

办公楼不远处的厕所前，有一丛竹子，竹子高大茂密，绿色无边，足以掩盖孩子的身体。袁园就蹲在那里挖石头，不想再回去了。

顾言刚路过，他的办公室也在大院里，而这里有最近的厕所。“我家袁园在干什么呀？”他笑着问道。

袁园口齿清晰地回答他说，“我在挖石头”，并把挖出来的石头中一块形状像骆驼的交给顾叔叔保管。

顾叔叔领她回到了会议室。林冬莹一把抱住袁园，在女儿耳边嗔道，大家都介绍完了，你怎么才回来。

一屋子太太和孩子中，突然出现了顾言刚这么一个大男人，许多人不觉哧哧笑起来。顾言刚问主持人，能不能让袁园小朋友再介绍一下自己。主持人表示欢迎。袁园看到顾叔叔手里捏着她的石头，并没有放在地上或扔掉，于是相信了他。

袁园听到自己说：“我叫袁园，今年六岁。我爸爸是袁天成，我妈妈是林冬莹。”顾叔叔朝她挥挥手，像在鼓励，她于是又说：“这是顾叔叔，他叫顾言刚，他是我爸爸的好朋友。”

哄堂大笑中，主持人逗她说：“袁园小朋友，你叫顾叔叔。那么考你一个问题，顾叔叔跟爸爸，谁比较大？”

袁园想了想回答说："顾叔叔比较大。"

又是哄堂大笑。

她认真地说："因为顾叔叔是科长，爸爸是副科长。"

太太们都不再笑了。

此后多年中，袁园也不明白六岁的自己为何会说出这样的话。只是，当晚回家，父亲生平第一次对她发了脾气。袁园哭了。

1995 年夏天，袁园和顾恬一起参加小学毕业典礼，大合照时，两人头挨头。也是这个夏天，十二栋家属楼落成。同在十二栋，袁家住二楼，顾家住五楼。两家家具装修各不相同，两家的太太却在同一家店定做了窗帘。于是，袁园和顾恬的房间里，都被史努比和花生家族图案填满。

入住后，顾言刚用他的老柯达相机，给两个女儿照了张合影。袁园短发，顾恬长发，个子都逼近一米五，却还是小女孩的平板身材，多少有了点小心事，但还在玩儿童的游戏。她们一起熟悉了院子里所有的砖瓦草木后，也一起发现了院子里长得最美的章美玲。

袁园与顾恬住十二栋，章美玲住一栋。她们之间的距离，并不只是一到十二而已。小女孩爱美，却还不能懂得美。除了偷擦母亲的口红，上学时把裙摆用透明胶往上折一截，袁园和顾恬只能从模仿中演习美。

章美玲有一头浓密的黑发，总是披散在肩头。偏偏，她五官又生得恬淡，像工笔画里弯眉如月鬓影横斜的侍女，所以稠密的黑发、湿润的口红，被淡而细的五官衬得愈加浓郁，像盛夏暴雨后绿意氤氲的树。浓至极点的色彩从你眼睛上擦过时，一笔一笔满满涂抹，不留半条缝隙。女孩子们还不好意思说出这特质的名称——性感。听说她是高中语文老师，所以打交道的都是诗词、古文这些浪漫物事。而她又懂得打扮，把丝绸和雪纺这些女学生还没机会沾边的面料穿在身上。这么一来，她就是袁园和顾恬最喜爱的阿姨了。因她代表着美。

两个女孩对此不能忘怀、萌发想象，以至于对章美玲的丈夫，她们都多留意几分。

章美玲的第一任丈夫叫方小鸣，常从家属院前的小路走过。那是连接家属院和政府大院的一条双向车道，植满四季常绿的九重葛，是在机关上班的人的必经之路。男人长相俊美，气质可以说是儒雅，听说一直做秘书，难怪一脸谦和之态。除了身材并不算高大，可以说是个好看的男人了。在晓得他是章美玲的丈夫后，袁园和顾恬对他愈加留意。似乎章美玲每一片飘飞的裙裾，每一缕耳后垂落的深黑发丝，都暗示着这个男人的魅力。

太太们对这对年轻的璧人也议论纷纷。周末，各家各户唱自家的卡拉OK，这家人却静悄悄的。新房子阳台阔落，各家太太养花，姹紫嫣红，那家人却是剪了花枝回家插在瓶里。这都是些平常事，要成为院子里真正的谈资，惹人妒忌，还需要其他价值的附丽。

林冬莹已经三十好几，虽比不得年轻的章美玲，但皮肤白皙，看起来像不曾生养过。做太太，就要入厨房。厨房正对主路，林冬莹很快发现，顾言刚开了一辆黑色桑塔纳，每天晚上都停在路对面。自己家的袁天成却是没有长进。穿戴衬不上她的美貌，怨怼也就多起来。吵得厉害时就说狠话："嫁汉嫁汉穿衣吃饭，你给我穿什么衣，吃什么饭？袁天成！你装聋是不是？""我嫁个讨饭的都比你强！"

顾言刚调去了省里，这一变动，除了黑色桑塔纳人人可见，顾言刚的太太朱虹，倒是率先显出变化来。她到了该发福的年纪，于是不再像年轻时总穿些宽松的衣服对自己的身材遮遮掩掩，也不再忌惮裙摆下露出萝卜一样圆鼓鼓的小腿。她脸上敷起厚厚一层脂粉，两条刚流行起来的文眉从眉峰直冲眉心，像闹别扭的孩子想与“敌人”拧成一团。

在这不大不小的院子里，太太们才是真正的晴雨表。孩子们有感情，丈夫们讲面子，只有太太们，才能明目张胆地把起落与势利写在脸上。她们多半未受过太好的教育，因丈夫的公职而被迫上个闲班、做一辈子贤内助，谈不上有自己的追求或事业，对着院子里的其他太太，往往没有好气可出。而一旦丈夫稍有起色，或者确实提拔在望，太太们脸上就会挂起冷漠的号旗。家她们做不得主，只得把价值洒向自己的同类。

林冬莹把这些看在眼里，心里却是过不去。“那个朱虹，腿跟大象一样还学人家穿裙子。”

“嗯。”袁天成应道。

“假模假式拎个皮包，俏式得很，哪个不晓得她以前是抄水表的！”

“嗯嗯。”

“我看顾言刚也是要倒大霉！”林冬莹加重语气。

“婆娘长得不好看就倒大霉啊，你这话没得道理。”

“你不晓得，哪个往她屋头送东西，她都接下来！”

“你咋晓得？”

“哪个不晓得，我看也只有你这个呆子不晓得。”

“不要乱讲哟。”

“我乱讲？她那个皮包，全城哪个商场买得到！”

“一个皮包……”

“你懂个屁，吃的用的，我看说不定还有人送存折！”

跟大人察觉的变化相比，袁园感觉到的则迂回迟缓得多。袁园发现院子里有一个人，不似其他人般带着冷漠的面具。那男人逢人就点头、微笑，笑容很持久，缓慢地不肯从脸上消退。看地方电视台节目时她发现，这微笑的脸属于刚上任的副书记，他从县里调上来不久，亟待大展宏图。所以，微笑终究不是凭空而来。

袁园也会遇到朱虹，总是以她称呼朱虹“朱阿姨”开头，以朱虹答“放学了啊？”“上学去呀？”收尾。并没有多余的言语。

直到一天，她在院子里远远看见了朱虹。朱阿姨提着大包小包，像是刚从菜市场回来。走着走着，她放下手里的袋子，站在路边歇气。袁园仔细看她挂在肩头的皮包，并没有看出什么门道来。倒是右边肩膀明显比左边肩膀高一截，大概是长期负重的结果。这时，那个从县里上调来的“微笑脸”路过，跟朱阿姨打招呼，要帮她提那袋最重的米。朱虹触电一样从男人手里抢回米，急匆匆提起所有东西往家走，几乎是在跑了。“战战兢兢”四个字在袁园心头浮现，朱阿姨并不像母亲说的那般快活。袁园默默走回家，谁也没有告诉，包括顾恬。

袁天成去敲方小鸣家的门，是大年初三。顾恬来看袁伯伯的第二天。

他跟妻子和女儿说要出门散步，却绕过花坛，走上大路，出了大院，直走去门口等 801 路公交车。801 路，从公园北边始发，在城里弯弯绕绕，最后会到达新区的高档楼盘“林城 1 号”。方小鸣从地州挂职回来后就搬到了“1 号”。虽跟袁天成一起在区里共事过好几年，但方小鸣仕途坦荡，一路往上走。有人传言，他离了章美玲再娶的太太，是某位厅长的女儿，“也离过一次，不会生娃娃”。袁天成将信将疑。老同事们还说，今时不同往日，无事不登三宝殿，硬去靠，只能是穷攀高枝。袁天成没说过这种话，但也确实没联系过方小鸣，更没有去家里坐过，所以，在“1号”大门口被保安索要身份证登记时，袁天成蒙了，只好打电话跟方小鸣求援。

方小鸣亲自下来接他，迎头就喊“袁哥”。

袁天成点点头，称呼却是犹豫了几秒，不知道喊“方厅长”“小鸣”或是别的，于是又点点头。

现任方太太样貌平常，端茶倒水很是利落。接过袁天成带的两条烟时，也自然得像老朋友。客厅里摆了方家全家福，方小鸣和太太坐着，女儿站在两人身后。女儿长得像方小鸣，没遗传到章美玲的样貌。

茶喝了几口，袁天成提起，顾言刚就要出来了，回来的话，难免各方面需要打点照顾，“他的脾气你也晓得，不会要我们的钱。只看能不能帮他找点事做”。

方小鸣点点头。

袁天成抬眼，努力让老花眼聚焦，但也没看见什么表情，于是说：“啊？”

方小鸣又点点头。

门铃却是响了。几分钟后，说普通话的男人提着大包小包进门来。方太太很自然地接过去，放下来。男人跟方小鸣有说有笑，袁天成只好起身告辞了。

出小区时，他在一模一样的绿化带里差点迷了路，好不容易找到大门，才松了一口气。回头看站岗的保安，年纪很轻，不知道是哪支部队的退伍军人。

城的那一头，陈勇开的会所里，袁园也在帮顾家想办法。

说是会所，其实是在商用楼的十五层租了半个平层，里面摆斯诺克球桌、几组沙发。贴着墙是酒柜和吧台，墙上挂飞镖盘。陈勇做生意袁园晓得，但为什么要搞个私人会所，袁园不清楚。电话里，陈勇只是笑她："大年初三都还没开市，你要去哪里坐？不如去我的会所。"

顾恬坚持房子要卖给认识的人，起码是这个院子里的人。袁园跟陈勇说起这个要求，陈勇点醒她，顾言刚的事你们院子里哪家不晓得，哪个想沾晦气。袁园没想这些，房子就是房子，这房子地段、户型、楼层哪样不好？陈勇笑一声："小姐，你是带感情色彩看问题。"袁园急了："我看你就是最没有感情。"

陈勇有陈勇的想法。红酒喝了半瓶，他跟顾恬说："卖给外地人。"

“我又不认得。”顾恬发愁。

“满城都是外地人。”

“你介绍啊？”

“大小姐，你把脑壳伸到墙外面看两眼。”

“我就认得你。”顾恬撒娇。

陈勇笑了。袁园，或者顾恬，这个院子里的孩子，都像是只用吃空气就能过活。这么多年过去了，她们还是没有长进。听到她们两个还说些“卖给熟人”之类的话，陈勇却有点同情起来。顾言刚出来，一分钱没有，房子不吊起卖个好价钱，吃什么。稀里糊涂。一塌糊涂。

房子的事情说得差不多，三个人讲起闲话来。一来二去就说到章美玲，袁园说：“陈勇，还记得章老师不？”

陈勇哎哟了一声说：“讲起来也是神奇。”几年前，突然接到姨妈电话，说章美玲在找他。他一头雾水，按照号码拨过去。章美玲张嘴就说：“听说你现在过得不如意。”陈勇确实人在湖南躲债。章美玲听了个大概，也没有就要借钱给他。

风头过了，陈勇回家，父母说起他不在的这段，章美玲打过电话来，还叮嘱陈父一定要让陈勇跟自己联系。陈勇没有动力。结果章美玲不知怎么听说他回来了，亲自上门，只有一个意思，劝他好好做人，“不然进大牢了，对不起父母养育之恩”。

“神奇不神奇？最捣蛋的学生老师反倒忘不了。”陈勇笑。

袁园想起来了似的：“她女儿呢？”

“离婚的时候判给前夫了。”

“爹带女儿啊？不合常理。”顾恬说。

“男方家咋会把孙女给一个改嫁的媳妇嘛。”

“章老师白对你好了。”袁园嗔他。

“我还帮她搞了只宠物。”陈勇说。

“原来是你啊！”袁园说起回来那天，遇见章美玲在院子里找狗。

陈勇看出袁园的兴趣，噼里啪啦说起名叫宽宽的宠物狗的事。宽宽的妈是只柯基，陈勇朋友养的。意外怀孕后生下几个“串串”，朋友不高兴得很。虽然是串串，但这窝小狗长得还是很像柯基，朋友也就想还是卖几个钱。陈勇把小狗照片发朋友圈，章美玲留言：“最左边那只长得乖。”之前，她没养过狗，但突然就来了兴趣。陈勇牵线，封了个一百块钱的红包，抱回了宽宽。

“人和狗，也要讲缘分。”陈勇对着袁园说。

按陈勇的说法，宽宽和章美玲老公，就是没缘分。男人喝了酒回家，看见趴在海绵垫子上的狗，喊了几声宽宽都没有反应。章美玲从卧室出来，狗却一下子立起来，跟着跑进卫生间。章美玲撒尿，也不关门，狗守在边上看。丈夫不知发什么疯，冲进卫生间对着狗猛踢了几脚。章美玲骂他“不如狗”，他抬起手就给了章美玲几拳。

“章老师就搬出来了。”陈勇叹气。

“那男人年轻时白白净净，老了老了还动手呢。”顾恬说。

陈勇唏嘘说，那男人早就不是他们读书时的样子了。当年，章美玲留，他走。走去几个民办学校，都不顺。抛妻弃子，裹别人老婆，有这种黑历史，不可能在体制内混了，只好去混社会。几十岁的人了，怎么可能混得出来。

“狗都随便打，你以为他不打人啊？”陈勇眉毛抬起来。

“他不是办培训机构吗？”袁园说。

“他们那代人，钱是一回事，权是另一回事啊。”陈勇说，“他还不是想多少当个正牌的校长。”

“当年，”袁园淡淡说，“所有女生都想成为章美玲，直到……”

“直到她让所有人知道，她也是个人啊。”顾恬说。

三个人都喝了酒，只好打车回家。顾恬一边挑眉毛吓唬陈勇，说你“不要动歪脑筋哟”，一边跟袁园说“有事打电话给我”，就截住一辆出租车走了。

陈勇跟着袁园挤进一辆出租车的后排。车不能进大院，两人在门口下了车。

走进院门，九重葛枝条重重像要拱出一条隧道，陈勇说：“这些树都长这么高了。”

跟袁园分手后，他没进过这院子。去袁园家，要走通整条路到尽头去。十几岁的时候，他每天晚上都站在路灯的阴影下等袁园。一个人走这条路，神秘，又有点刺激。

这个晚上，两人走得格外慢，像是要凭一点肩并肩的气力或愿望，把他们十五岁到三十二岁的时光，都从这条两百米长的道路上讨回来。

“这些房子怎么都这么矮了。”陈勇说。

“树高了，房子矮了，你不看看自己，老得都皱皮了。”袁园说。

“都成老者了。”

袁园不接话，半跳着踩向地上陈勇的影子：“被我踩到影子了，陈勇，做我的奴隶！”

两团影子就踩来踩去。

走到袁家楼下，两个人都不动。路灯的橘色光线里，袁园把手放在陈勇脸上。过年，路上没有行人，隐隐约约一点搓麻将哗啦啦的声响。

陈勇不动，任袁园的手停在他脸上。袁园手心的温度比他的脸的温度高，微微带一点潮湿。

袁园推开他的时候，他倒没有尴尬。后来他给袁园发微信，袁园很久没回。也是，那么一条信息，让她怎么回呢。结果，袁园还是回了：“我也一样。”陈勇只能猛抽几根烟，把心头的事压下去。

正月初五，开市。陈勇早早起床，烧香上供迎财神。别人拜财神，要么早早请回一尊财神像，要么年前就准备好了财神年画，陈勇不，他把财神爷设成手机屏保，再把屏幕调成不息屏，手机立好，面前摆几个水果，就点香拜。老婆从卧室出来，见他在磕头：“哟，只拜一个啊？”陈勇一听，才发觉糟了，但看看手机屏幕上双手托着金元宝的财神爷，满满霸住整个屏幕，哪里还容得下别的神仙。但他不死心，马上去麻将桌上摸一个“发”出来，摆在手机面前。“这下好，偏财也来了！”

陈勇这两年生意做得可以。老丈人退休前，他就注册好了公司，做民用建筑下水管道直供。老丈人在建筑行业几十年打下的根基，也就像源头活水，汩汩流到陈勇公司里来。去湖南躲债时认识的兄弟，又联系他说合伙开装修公司，对方出资金和技术，他搞业务，陈勇也答应下来。

刚辞职出来那几年，陈勇跟同学、朋友合伙做过好些小生意。餐饮、卡拉 OK 厅，甚至还有哪家的老婆开的美容院，都入过股，钱却没有赚回来。小城市没有娱乐，除了唱卡拉 OK 就是喝酒、打麻将，他跑资源，陪客户打大麻将，打着打着就输出去几十万。换作别人，可能就认栽，“没有找钱的命”，老老实实回去上班了，但陈勇去外地两年回来后好像突然开了窍，很快讨了媳妇生了儿子，开始认真做起生意来。

别人问起，他就说：“玩过《大富翁》没得？穷神附体怎么样？”

对方摇头或点头。

他就说：“穷神附体，损失四位数字现金，过路费加倍。”拉长了调子学台湾腔。

对方这时一般都会笑。

他又说：“财神附体呢？得四位数字现金，免付过路费。”

对方听得更认真了。

“你以为你是在做生意，哪个生意是‘做’出来的？神仙拉锯，有来有去！”

这么一来，不管是面子还是里子，他都像个生意人了。而钱做主的世界，朋友们都说，陈勇厉害，那些考上“211”大学的，如今哪个有他过得舒服？

去会所那天，陈勇发觉袁园两只手一件首饰都没有。今天一开市，他就去找卖玉器的邹老六。邹老六跟他开玩笑，一开市就来买首饰，是在老婆那里犯错误了吗？他嘻嘻笑。把镯子包好，揣进皮衣的内袋。还是学生的时候，他就给袁园买过戒指、手链、耳环，衣服，包包也送名牌。女人不都喜欢这些？这么多年过去，他想要对袁园好，还是只能这样。不然，又能哪样。

车开到袁家楼下，陈勇打电话喊袁园下来。两人坐在车上，却是一时无话。陈勇想问袁园喜不喜欢他送的镯子，但终究没有问。

他打开车载音响。袁园说：“怎么都是些老歌？”

陈勇伸手把音乐关了。

就在他不知道要不要说出点什么的时候，有人在车子面前晃了晃。

“我就说是你的车牌。”章美玲跟陈勇打招呼。

“散步啊，章老师？”陈勇问。袁园点下头算是招呼。

章美玲手里抓一沓纸，塞进陈勇手里。

本人的狗狗“宽宽”柯基串串，于2016年2月6日（腊月二十八，周六）晚上六点在南阳区碧云路7号（原区政府宿舍）附近走丢。公狗，一岁，白色有棕色斑点，中小型，四脚尖，尾巴有点棕毛，尾长毛直没断尾，尾巴盘起像朵花，走丢时脸有轻度抓伤。拜请各位爱心人士、养狗朋友看到、捡到请联系章美玲老师137××××××××。提供消息必有重酬！盼狗狗早点回家，阿弥陀佛！

陈勇和袁园还在读纸上的字，章美玲却带了哭腔，好像宽宽找不回来，是件关乎生死的大事。

宽宽走失八天了。三天前，农历大年初二。按这边的风俗，要上山祭祖，家里有坟的都要上贡。一般是摆几个苹果橘子，点支烟，敬杯酒。子孙依次作揖叩首，一支烟燃尽，也就尽了孝道。也免不了有些儿女，要跟坟里面的人做口头汇报，祈求为主，汇报为辅。保佑这个，保佑那个。这个升学，那个工作。章美玲对这些风俗从来不在意，尤其年前丢了宽宽，她想起来就掉眼泪，就更不关心坟头要摆几个水果了。但也因为不像往常那样专心在坟前磕头，她才看见嫂子把供果往包里放。她晓得这种迷信，上了供、沾了气的水果吃了可以保平安。但嫂子一个不留，全部放进包里。

“留几个给守坟人啊。”章美玲说。

嫂子不理她，转过身悄悄跟侄女说：“装什么大套。”

章美玲本来就一肚子气郁结，这一句话直接堵住了她胸口。她撇下哥哥嫂子侄女，径自下山。步行的人倒也不少，太多车堵在上山的路上动弹不得，走路反倒快。

牵着狗的是个干巴老者。跟其他携家带口上山的人不同，他就一个人，一条狗。也提着些香烛纸钱。他上坡，章美玲下坡。两人迎面走。章美玲整个人紧绷了，等男人走近，看清楚对方的穿着样貌，她才突然喊一声“宽宽”。老者牵着狗要继续赶路，章美玲试探说：“你这只狗养了多久？”

“没多久。”老者乡音很重。

“是个串串？”

“串串嘛。”

“跟什么狗串的？”

“这个我没得研究。”

“土狗和柯基串的。十三个月大。这是我的狗。”

“嬢嬢，咋会是你的狗哟。”

“我的狗跑丢了。”

老者不再理会，兀自往前走。

“这就是我的狗！”章美玲跟在他身后。

狗叫了几声，新主人却是不言语，只加快了步子。

“把我的狗还给我！”章美玲追了几步，声音高起来，头发也散了，像女疯子。

“狗儿都长得一个样。”老者转身对她说，“你这样，就不好了嘛。”

章美玲就要闹起来时，路过的一辆下山的车里有人探头喊她：“姑姑！”哥哥嫂子侄女三双眼睛，从车里射出来盯着她。好容易把她扭上车后，哥哥终于开口说她：“跟一个农民吵架，你疯了？”“哪是你的狗嘛！这只狗断尾的啊！”还说要跟她丈夫打电话，“我看你还是搬回去住。”

“我。不。回。去。”章美玲只说了这一句。

章美玲住进大院的时候，二十六岁。跟方小鸣结婚才一年，就赶上了集资建房，都说是好运气。好运气之外，章美玲也被认为有好福气，瞧瞧方小鸣，干净斯文的一张脸，大学毕业，前途无量。“前途无量”这四个字，在这十二栋单元楼、六栋独院小楼交织成的小天地里，几乎就是最高的赞美了。章美玲也无意识地散发着年轻人短暂而不可复制的活力。一面好奇着这里的规矩和秩序，一面笃定着自己的不同。跟院子里只知道操持家务、打麻将或者带孩子的太太们相比，章美玲有自己幻想的小园地。

1995 年，人的精神还没有换布景。要从日常生活中找到兔子洞的入口，只能从岛屿样漂浮着的碎片中拼凑找寻。书店就是其中一座小岛。出大院东门，沿碧云路往北走二十米，拐入通往闹市的栖霞巷，内进十来米，就是老盛的书店。

书店既卖书，也出租。章美玲租小说看，三两天就看完一本，跟店主老盛混熟后，也能把架子上原本用来出售的新书租着看。来租书的多半是男青年，章美玲是罕见的女性，所以听见有声音唤她“章阿姨”，她才发现是院子里的小姑娘袁园。

刚打招呼，袁园就指指书架后面，袁天成探出脑袋来。袁天成说，袁园的生日快到了，带她来挑书做礼物。章美玲看看袁园挑的书，点点头，把自己手里拿着的书递给了袁园，祝袁园生日快乐。

店主老盛披着外套走过来，打断三人的谈话：“袁园都十一岁了啊，该盛伯伯送你礼物。”

老盛的书店还是书摊的时候，袁天成就常带着女儿光顾了。他让袁园称呼书摊老板为盛伯伯。盛伯伯只有一条胳膊，袁园却因为这个礼貌但亲热的称呼而免除了恐惧，还想象盛伯伯是天外来客，披一件蓝灰色中山装的样子看起来像大侠。跟盛伯伯打招呼后，袁园总是学父亲的样子，在书摊上翻阅书籍，光天化日下做自己的侠客梦。

店主老盛既送了书给袁园，章美玲只好从手提包里摸出一盒磁带："袁园喜欢听歌吗？"

这天最后，袁天成拎着一袋书，跟女儿一高一矮在黄昏的天色里走回家去："章阿姨送你的是什么磁带？"

"翻录的。"

"可能是英文歌。"

"爸爸，你怎么知道？"

袁园对章美玲的认识，就从这翻录的卡朋特磁带开始。但真正的认识，要等袁园升入章美玲执教的高中，"章阿姨"变成"章老师"后才作数。

课堂上，章美玲提来录音机，放林海作曲的《长相守》，让学生们"静静听三分钟"。电视剧《大明宫词》正热，《长相守》是插曲。秾丽台词里，最敏感的学生触摸到纷纷的情欲与哀矜的深情。袁园独记得一句，"你蓬松的乌发，涨满了我的眼帘，看不见道路山川，只是漆黑一片"。

袁园和顾恬已十五岁，频密交换对男生的看法。也一起悄悄看插图本《十日谈》。线条和文字间，美丽的男人体和女人体惹得她们咻咻笑。

章美玲的课堂上，袁园写纸条给顾恬："语文课能读《情人》，我就真喜欢章阿姨。"

顾恬回：“《倾城之恋》也可以。”

当章美玲消失，别的老师来代课时，学生只以为是寻常的病假。毕竟，也曾有其他老师，真的生病。或者，练了某种气功后，被认定为疯子，也就消失了。

而当流言慢慢拼凑出章美玲的消失是因为一个男人时，很多事开始摇晃变形。

那人口才滔滔，身形高大，在篮球场上跟男学生争抢篮板，引发路过女生的围观和尖叫。他吸引女生做另一种想象，或者说，在为师的威严与距离之下，有种天然的禁忌诱惑。袁园和顾恬都能理解那些女同学在迷醉什么，只是她俩某种程度上对这套话语都有天生的免疫力。大概因成长环境里有太多禁忌，虽才长至十几岁，却早已明白所谓威严背后的一切，并不是加倍的甘美，而是平庸或无常。权柄与森严，并不足道。

只是，她们没想到，章美玲沉迷。

事情原本不应该让顾恬见到。但章美玲出现在顾家客厅里时，顾恬确实吓了一跳。要多年以后她才会明白，在这院子里，上升与下沉虽自有其规则，但有一种人，可游弋于规则的缝隙里，那些长得好看的女人。

顾言刚态度微妙，“谁先动手的，不重要”。

“还有没有别的办法？”章美玲问。

“哪个是你男人，你搞清楚。”

“我们早就协议离婚了。”

“这些你不用跟我说。”

“我也是被逼疯了。”

“你们两个，必须走一个。”

“我不能耽误他的前途。”

“那就你走。还当什么老师。”

这些话，对顾恬产生了什么样的影响，很难说清楚。她只是告诉袁园：“记得章阿姨家的方叔叔吗？”

“长得帅。”袁园嘀咕。

“下暴雨连夜从乡下跑回来。”

“他还在挂职？”

“跟章美玲的相好打了一架。”

就这样，在袁园和顾恬口中，“章老师”与“章阿姨”交迭旋转了几年后，某一刻，突然脱掉了所有干系，变成了“章美玲”。袁园和顾恬大概也就长成了少女。

顾言刚调去省里已几年。顾家母女仍住在院子里，顾言刚却是见得少了。静默里，小城的空气在松动。男生开始非常在意有没有一双波鞋。而女生可在意的就更多了。谁因为穿了新裙子或新鞋子就足以被围观议论一上午的情况，再也不可能发生了。钱开始变得很重要，或者说，挣钱变得非常重要。最能干的大人们有了手机，他们的孩子有了 BP 机，或者干脆就是一部爱立信的翻盖手机。然后，爱华的随身听、索尼的 MD、Gameboy……物件像俄罗斯方块，迅速变形跌落，堆积如山。新的物事带来新的空气，人呼吸着这样全新的气体，相信自己也可以跟过去不同，过新的生活了。

很快，一些事情，从耳朵里嗡嗡的背景音，变成更为坚实的图景，斜斜插入连袁园这个中学生都能见证的世界。

这天傍晚，去晚自习的路上，从学校以外两条街的位置，车子就堵得密密麻麻不能动弹。这是老城区，路太窄，就改成了单行道。黄昏的天色里，车子们亮起红色尾灯，一长串红色圆斑印得路人的脸都红了。加上某些司机不耐烦地鸣笛，空气里的粉尘都弥散着焦灼的气息。袁园把自行车抬上人行道，勉强挤出一条路来。上一次学校门口堵成这样，是职高的学生跑来找高中部的学生打架。职高生骑了十几二十辆摩托车，打得一个学生断了手，加上晚自习刚散，上百名学生推着单车从校门拥出来，路就堵死了。等她好不容易把车推到路的另一头才发现，原来是平安夜，天主堂里唱完《哈利路亚》出来的人群和车流蔚为大观，两头夹击，才把学校门口这条不足两百米的窄路堵了个底朝天。但这天呢，是各式小车把路塞得满满当当。除了闪烁的车尾灯、刺耳的鸣笛声，并不见打斗或争吵。甚至，其中隐隐有秩序在，车都往一个方向摆尾。只有些脑袋，时不时从车窗里探出来，或有些身子，在车与车的缝隙里往前挤。

回到家，接过母亲递上的热牛奶，袁园说，学校门口今晚奇怪地大堵车。还补充道，可下了晚自习，车子又都不见了呢。

林冬莹冷淡地说，这都是赶去送礼的人哪。

袁园问，送什么礼？

“顾恬外婆过世了。”林冬莹头也不抬。袁园这才想起，顾恬外婆家就在天主堂后面的巷子里，属于某个单位的家属院，有些年头了。要进到那条巷子里，唯一的车行道就是学校门口这条窄路。那时候，人死了，不会马上送到殡仪馆去，往往是自家院子里先搭个棚子，子子孙孙披麻戴孝，回丧饭吃过头七才火化上山。来吊唁的亲友，挂了礼，就坐在家属院里临时摆出来的宴席上，吃它个几天几夜。

“所以，爸爸也去了？”袁园问。

“去了啊，到现在都没回来呢。”林冬莹说，袁天成电话回来交待，吊唁的客人太多，他留在那边帮忙打点打点，“打点个屁”。

袁天成回来时醉了。他大概是口渴，走去厨房倒水喝，打翻了凉水壶。玻璃“哐啷哐啷”碎一地，袁园和林冬莹也就各自从房间出来，看见了坐在地上的他。袁天成是醉了，才会孩子一样对着妻子笑，还伸手去捡地上的玻璃。血顺着他手掌往下流，他却像是毫无知觉。林冬莹一边用扫把筲箕清理碎片，一边伸手打他的手，“捡什么捡”。他只是笑。

“是你老丈母死了啊？喝成这样。”妻子和女儿一起把他扶起来。

“言刚喝不了这么多。”袁天成重如笨象，一步步往客厅沙发的方向挪动。

“人家早就把你忘了。”最近，林冬莹越来越不在女儿面前掩饰她对丈夫的不满了。

“兄弟怎么能忘……”袁天成一屁股坐在沙发上。

“那他怎么不来找你喝酒了呢？”林冬莹继续讽刺道。

“他太忙了……太忙了……”袁天成努力想睁开眼睛，但眼皮重重地垂了下去。

第二天早上六点半，袁园起床洗漱时，惊觉父亲已经醒了。他在沙发上睡了一夜，此刻正对着空无一物的茶几抽烟。她犹豫着怎么问时，父亲开口说：“这世界上只有一样东西是不会被人拿走的，你的知识。”

袁园不知道该说什么，只好快步夺门而出。反手关门时，手指被门夹了一下，疼得她连连甩手。她一边用力蹬着自行车，一边终于有了哭出来的理由。后来，袁园回想那晚酒醉父亲脸上的笑容，设想他到底在顾恬外婆的灵棚里看见了什么，跟他的好兄弟顾言刚又聊了什么。但当时，急急踩着踏板，想要让风把眼泪带走的她，只想快些长大。袁天成固然软弱，固然无能，但袁园愿意保全他的自尊。如果她能够。

而之前，对袁园来说相当抽象的顾叔叔的“事业”，从这一时刻开始，被填充了细微而真实的注脚。

在这样的逻辑下，当听说章美玲与方小鸣离婚，要搬出大院时，林冬莹的话似乎可以解释所有："方小鸣，一个副主任科员，工资有多少？新找的这个，在外面开数学培训班，一年下来起码十万！"

正月十三，袁天成出了门。这次他没有出大门等公交车，而是绕到十二栋单元楼后面，爬上了一栋白色外墙的单元楼。这栋单元楼，比十二栋楼晚修三四年，建制阔落，住的人也都是领导级别。什么样的领导呢，大概就是这城里车牌数字最靠前的那几位。袁天成气喘吁吁地爬上五楼。中间歇气时，从楼梯的窗户看出去，才发现自己住的十二栋外墙早已褪色，一根走雨水的排水管断裂，裂口往下的黄色墙体霉变成了黑色。

白色单元楼五楼住的是袁天成的老领导岑军生，虽然后面他调任职位变迁数次，但袁天成还是改不了口，仍喊"岑部长"。岑军生倒是不介意袁天成的这点迂，或者可以说，如果袁天成不是这般性格，今天他也不会打电话喊这个老部下来家里。

袁天成念岑军生的好，说起岑任职期间的琐事。又说，自己前几天去看了方小鸣。方小鸣给岑军生做过秘书，袁天成想着应不见外，才提起来，岑军生却是没有反应。半晌，才说：“小鸣啊……交情这个东西，都是锦上添花，不求雪中送炭。”袁天成揣摩这话的意思，应是那个层级的故事或事故，就不再作声。岑军生倒是主动说起，自己当时主动提出退居二线，不是因为看透了不恋栈，或者怕了谁，不过是“老了老了，还是求个平安”。

两人坐着喝茶，没喝几口，岑军生就领着袁天成看自己栽的花花草草。这盆建兰，那盆墨兰，还有铁线蕨龟背竹，绿意盈盈。又领着上二楼，海棠茉莉长寿花，倚着朝南的窗户摆放。盆栽都是些常见品种，但数量惊人，袁天成默默数了数，少说有六十盆。每天打理这些植物，应该占去了岑军生退休生活的很大一块时间。

一转身，却见偌大的二楼空荡荡，正中摆张乒乓球桌，不由得说：“这……”

“我们老两口太无聊了，平时打打球当锻炼。”岑军生说。

二楼跟一楼相比，只少了两间卧室，却一样有客厅书房卫生间，但家具上都盖了搭布，像是久未有人来过。

见袁天成疑惑，岑军生开口道：“我打算去加拿大带孙子了，这房子收拾收拾卖掉算了。”

“要卖啊？”

“想找个相熟的人，转手了。”

袁天成在屋子里踱步，摸摸墙体，看看窗外：“岑部长，你就不打算回来了啊？”

“不回来了，老了老了，跟着孩子过热闹些。”

袁天成想着什么似的。

岑军生直接说：“你看看合适吗？合适我就给你好了。”

袁天成猛一抬头，脸上滚落了好几阵不同色彩，不知是喜是忧。

回家跟妻子林冬莹一讲，她却是不同意：“有钱买这里，不如去新区买套电梯房，也算给女儿留点念想。”

袁天成却有别的考虑：“岑部长对我一向很关照。”

“是，讲过无数遍，他看到你写的两条信息被省里录用，就把你从区里调到了市里。”

“他知人善用。”

“那怎么几次提你，他都不帮你说话呢？他倒是好哟，一路升，现在还要去加拿大，你呢，现在还帮他捡烂货。”

“房子好生生的。”

“我看你是惦记那个啃死人骨头的吧。”

“你乱说什么啊？”

“就是口红涂得要吃人的那个啊，章美玲！她不是住回来了吗？”

“你又乱想了。”

“我乱想？她跟你打招呼，不要以为我没听见。”

“打个招呼怎么了？”

“‘天成，我回来了。’你都老成这样了，哪个不是喊你‘袁伯’？”

“不扯这个，老领导信任我，便宜卖给我。”

“信任个屁！”

两人顶着白头在客厅里吵来吵去，直吵到袁园回来，才停了嘴。不是看见女儿就不吵了，而是女儿一句“带人来看恬恬家房子”，给原本闹哄哄的袁家客厅投入了一颗深水炸弹，浇熄了父母的火气。袁天成看看林冬莹，妻子不睬他，于是弯腰穿鞋，跟着女儿出了门。

顾恬和陈勇在楼下站着，陈勇边上是个黑脸膛的男人，大概就是袁园口中的买家了。皮肤黑的人显老，眼睛下面两条横生肌肉又拉宽了脸，袁天成于是只推了推眼镜没言语，跟在年轻人后面也往五楼上去。

黑脸男人在屋子里绕了一圈，只问一句“学位是在红星小学吧”，就跟陈勇去门口抽烟了。袁天成低声问女儿：“这人干什么的？”袁园说：“做生意的吧。”袁天成又说：“他是不是没看上。”顾恬说：“袁伯伯，他买来给娃娃放户口的。”

“户口？”

“放心，给全款。说是为了娃娃读书买学位房，买了也不会住。”

“啊？”

“在这边找了小老婆，生了儿子。”顾恬低声说。

“外地人？”

“外地人嘛。”

袁天成恼恼地不知在想什么，陈勇却走进来了，嘻嘻笑着对顾恬说：“成了要请我吃饭。”

“你想吃什么？陈老板！”顾恬跟他笑闹。

袁园笑了：“事还没办成，你就邀功。”

“我办事，你放心。哪一件没办好？”陈勇也笑。

袁天成插不上话，只盯着陈勇看，慢慢就想起了他是谁，脸也就垮下来了：“我先下去。”

三个年轻人还在说玩笑话，袁天成突然提高了声音：“袁园，我要先走了。”

“好的，你先回。”

“我走了。”袁天成赌气般反复说这几个字。

顾恬打圆场：“袁伯伯，这是我们的老同学陈勇，你记得不？”

“我咋不记得。”袁天成的话带了鼻音。

顾恬笑了。等袁天成走了后，用胳膊拐拐袁园：“袁伯伯吃醋了啊？”

陈勇挠头：“从来就不喜欢我。”

顾恬笑：“人家袁园从年级前三名被你拖累到请家长，袁伯伯咋不记得你？”

陈勇笑：“还不是怪章老师，第一时间就跟家长打报告！袁园，章老师还真是关心你！”

可以说，并不是从某个时间点，事情开始起变化。而是从某个时间点开始，换了一种话语方式。

班里有个傻大姐，才四年级，她的个头就长到了一米五几。成绩也差，家长又没有给老师刻试卷的本事，她就被安排坐最后一排。只是她一人一桌。倒数两排都是些男生，个子最高的和成绩最差的那些。上了四年级后，男生变得有点可怕。刚开始只是开玩笑一样，把傻大姐堵在最后一排的墙角，慢慢就开始动手动脚。你一把我一把。傻大姐又叫又笑，又笑又叫。没有其他女生走近那角落。不知是什么规则，容忍男生们去作恶。男生肩膀身子裤腿的缝隙里，看得见傻大姐瑟缩在角落里的身体，被扯得往下掉的裤子。她胖且丑，无力地叫唤着。

顾恬遭遇的是相同又不同的事。

四年级，顾恬就从一堆小孩中被认出来了。小流氓追求她。他趴在班教室的窗户外面，纠结几个小喽啰，一声一声唤着顾恬的名字。顾恬拘着身子，钉在板凳上动弹不得。似乎自己只要动一下，就会引发更多的哄笑与议论。娃娃领白衬衫下面，顾恬的胸口显出棉花糖一样轻而薄的起伏，被脖子正中的红领巾一左一右切割成两个半圆。小流氓继续叫着。顾——恬——顾恬——咒语一样绵长的叫唤。他偶尔会恶作剧地突然大喊："顾！恬！"短促而迅猛，让顾恬的身体凛然一抖。声音并不可怕，声音本身甚至可以说是空白而无杂质的，夹杂了话语的声音却像蛇，它钻进一只只耳朵里去，搅动人的心思意念，分解固有的形状与样态。总之，这叫唤让人心神不宁。女孩子规规矩矩，安安静静，突然有一天就得遭受这飞来横祸一般的挑战。

跟傻大姐的处境一样，小流氓趴在教室窗台上喊话的时候，顾恬的座位四周也显出同样的寂静与空旷来。双人课桌的另一半空着，同桌男生跑去最后一排，跟其他男生一起嬉笑打闹，似乎对这事并不关心。而前后左右的男生女生，要么就自顾自地做事玩乐，要么就咬耳朵或斜着眼，似乎有一道隐形的界限，把顾恬与班里其他人隔绝开来。像《动物世界》里，狩猎的狮子看中鹿群中的某头鹿后，鹿群越跑越快，将被锁定的鹿弃之于后。所以，这兴许是本能。但从别的角度来说，平时把班里每个人的一举一动监视汇报得一清二楚的纪律委员、学习委员、班长、副班长，在这静寂时刻，也都视而不见。孩子从大人嘴里被灌输了可怕的想法——小小年纪，男男女女，不要脸。说这种话时，要面容紧绷、杜绝笑容，才能配合手臂上的红杠杠，掷地有声，义正辞严。

顾恬跟小流氓肩并肩轧马路前，还有一件事。是下午，那个外号叫“耗子皮”的小流氓跑到教室来，给每个对他还算和善的同学派糖。蓝白色纸包着的花生牛轧糖，含进嘴里很快就软塌塌开始融化。这是一个仪式，一个宣告，他追到了顾恬，两人一起发喜糖了。

很快，耗子皮开始护送顾恬回家，两人在傍晚的光线中走在马路上。一个背着双肩书包扎着马尾辫，一个梳着郭富城头穿着大人才穿的黑皮鞋。

如果事情就这么发展下去，像班里其他发喜糖的同学一样谈恋爱，也没什么了不起。那些长得最好看的女生，或者发育得最快的女生，哪个没有在谈恋爱了呢。谈不谈恋爱根本不由女生决定，而是由那些混社会的流氓或者有钱的男生决定。给四十个同学每人哪怕一颗花生牛轧糖，也不是一笔小数目了。但顾恬忘记了她有顾言刚这么一个爸爸。

袁天成问袁园：“那个流氓是不是威胁恬恬？”

袁园想了想，说：“是。”

后来，袁园知道，父亲和顾叔叔经常在她和恬恬身上交叉取证，防止她们撒谎，防止她们变坏。她说了“是”的结果，是顾叔叔相信，如恬恬自己所说，跟耗子皮一起散步，是被流氓恐吓了。

顾言刚守在学校门口，待耗子皮出现，就揪住他狠狠抽了几耳光。有了这么一个父亲作为补充，顾恬的形象不知不觉间也有了变化。倒不是关于家世或权力，孩子们还不懂得这些，而是猛然觉得，顾恬跟耗子皮发喜糖、散步，原来是件这么严重的事。严重到一个大人要发动暴力加以阻断及惩戒。顾恬也就不再被视作小孩子了。

风暴眼中的顾恬，却并不像被保护了，反而，像她自己被顾言刚狠狠揍了。她跟袁园都坐在第四排，上课时袁园有时侧过头看她，见顾恬趴在桌面，不像在听讲。发箍也好，蝙蝠衫也好，还是很漂亮。

顾恬的同桌陈勇有了奇怪的变化。下课铃一响，他立马离开课桌，似乎不肯跟顾恬在那张桌子后多坐一秒。虽然已经不流行画“三八线”了（那是低年级小孩子的幼稚游戏），但陈勇生生用言行让所有人察觉到了他与顾恬之间的距离。他说话很凶，态度恶劣，把顾恬当沙包一样出气，简直让人无法忍受。而当袁园质问他，让他有本事就把花生牛轧糖还回来时，他竟然说出这样的话：“恶心的糖，吃了会生小孩。”袁园明明看见他吃糖嚼得吧唧吧唧响。某天下午打扫卫生时，两人因为抢一把拖把而终于打了一架。陈勇哭哭啼啼，还说要去告老师。袁园把拖把砸到他面前说：“告啊，你去告吧！”

袁园和顾恬小升初都考砸了，但顾家交了高费，所以顾恬去了重点，而袁园去了普通。对小孩子来说，不在一个学校读书，日常生活就荡出了彼此能力所及的范围，也就不像小学时，时时刻刻往对方家里跑了。所以，本应由她们一起看见或消化的一些事，只剩袁园独自一人默默领受。

某天早读时分，前排的男生回头告诉袁园：“嘿，耗子皮昨晚死了。”

袁园反应了很久，才能把“死”这个事实与耗子皮联系起来。这个传递消息的男生，就是顾恬读四年级时的同桌陈勇。

早读本应是语文课代表领读，袁园的课本也就打开在头一天刚学过的《送元二使安西》上，“渭城朝雨浥轻尘，客舍青青柳色新。劝君更尽一杯酒，西出阳关无故人”。但只见英语课代表站了起来，说语文课代表今天生病，所以改读英文。早读时，中文只用课代表起头，大家就一齐朗读。但英文是课代表读一句大家跟读一句，于是袁园听见自己间隔着几秒钟读出的句子。“Look at the rain! It’s heavy, isn’t it?” “Look at the ice! Be careful! It’s thin.” “What a strong wind! It’s blowing strongly.”[1]

雨要说下得“大”，冰须说结得“薄”，而风，则是刮得“烈”。那么，死呢。课本里教的是“或重于泰山，或轻于鸿毛”。而耗子皮的死，似乎只属于黑与白之间那海量的、程度不等的灰。

如果耗子皮真是凶神恶煞的黑帮老大，或者像郑伊健化身的陈浩南一样潇洒不羁，那么他的死大概会变成本地的传奇，或者在死亡本身之外超升出美的感动。但他不过是一个辍学少年。双亲就算不是务农，也并不是朝九晚五有班上的人。而他的死因，在混合了多个同学的版本后，最大的可能是，他被叫去为一场午夜的群架助阵，他所在的一方很快落败。只因个子最矮跑得最慢，他就被一路追打。在东风路与爱国巷的交界处，一个醉酒的司机开了辆

1 这三句英文对应的中文是：“看这雨，它下得真大，不是吗？”“看这冰！小心点！它很薄。”“多么强的风啊，它刮得真猛烈！”

小型卡车冲出来，撞上了被追打得昏头转向的耗子皮。

“听说他躺到天亮，尸体才被警察收走。”一个男生不知从哪里得来的消息。

“原来他跟我们差不多大，也是十四岁。”又有谁在说。

“你们知道他的本名吗？不知道吧！告诉你们，他本名叫柯三峡！我是他小学同学呀，我当然知道！”

“难道他是在三峡出生的？”

“可能他爸妈很想去三峡呢！”

“三峡是什么？”

“憨包！三峡是一条大河沟！”

“两岸有猿猴跳，还有很多条瀑布倒挂！”

“乱讲，你们都不看新闻的吗？三峡是一个大坝，发电厂！”

男生们讲着讲着，话题就跑到别处去了。一群初二学生，对三峡确实只有一知半解。

上课铃“叮——”一声长鸣，是电铃，粗颗粒的声音震散了围聚的黑色头颅。

袁园突然意识到，在这个几十人的教室里，只有一个人跟她算得上知根知底。小学时跟她抢拖把打架、吃过耗子皮和顾恬喜糖的，陈勇。

于是，她用笔戳戳陈勇的背：“喂，英语作业要不要抄？”

之后，袁园脑海里偶尔闪过耗子皮躺在午夜冰冷泥泞街头的样子，他整个还未发育完全的躯体和面容。警车来了，车顶上一盏灯，在夜里闪着红蓝光，照耀着一堆杂七杂八的脑袋。场面大概是被上帝的手消了音，徒留颜色光亮，不见声响。

而在更切近的世界里，随着顾言刚权势日增，朱虹慢慢成了整个院子里最引人注目的妇女。最开始，是一个女中医，给朱虹看了几次病后，两人交好，就让自己儿子认朱虹顾言刚做干妈干爹。朱虹对这个干儿子很上心，按照这边认干亲的礼数，给孩子置了一身衣服，发了红包。认了这一个，接下来的挡也挡不住。人不断冒出来，要让孩子管顾言刚喊干爹。有些脸皮厚的，恨不得自己亲口喊干爹。

任外界狂风暴雨、电闪雷鸣，女儿们被困囿在自己的房间内，按父母的期盼，屏蔽情和爱、生与死，扮一个超龄儿童。似乎一夜之间，她们需恪守的，只是最简单的两个字，纯洁。而曾是一家之主的父亲，在女儿进入青春期后，突然荡出了亲密的距离。女儿在变成女人时，父亲们也就变回了男人。

但悄悄地，两人交换对男生的看法，简单说，就是袁园描述她喜欢的男生是什么样的，为什么喜欢他。而顾恬说她的原因。让她们觉得被吸引的，是截然不同的东西。袁园喜欢安静、聪明的男生，最好要长得好看，还得有少年的莽撞与率性。顾恬批评她说："你就是喜欢那些装酷的。"而顾恬喜欢的，在袁园看来都是些毫无魅力的男生，那些学霸。虽然他们也许具备高智商，但往往并不懂得如何去咖啡馆也并不会去那里消磨一下午，更不要提为了女生打架。于是，她嘲笑顾恬："你就是喜欢老男人。"

然而，不管是"老男人"还是"浪荡子"，总要牵他们的手，像学习与了解这个世界一样，去学习与了解男性。与家中那个自她们出生起就认识的男性不同的，另一些男性。男性的局部与整体。

林冬莹跟几个姐妹去东郊的梅花林赏花，那天是正月十六。她爱照相，春天与桃花合影，夏天与荷花合影，秋天满城找落叶路取景，冬天盼着梅花开。在四季花卉前，摆一个昂首挺胸的姿势，很有点年轻时的革命气势。更重要的可能是，在植物生的活力面前，人一天天的衰老固不可逆，却也能在方寸间定格，暂时挣脱疲惫。于是，装扮、拍照、看照片，是林冬莹生活中相当重要的一件事。

这天也不例外，回来先摇摇手机，跟丈夫女儿预告照片有多美，但更按捺不住的想法与从包里掏出的好些广告传单有关。“东郊现在可不得了了，都是新开的楼盘！”

林冬莹说，之前听人讲，市里面搞老区改造，东郊厂区产业升级，厂子往外搬，旧厂房做第三产业。这些话抽象得很，而且，离家四站路就是湿地公园，河滩绵延十来里，真山真水都看不尽，谁还会在意一个人工湖？没想到，去了后才发现，从前的老厂房都变成了时髦的餐厅、咖啡馆，年轻人举着自拍杆，打扮得都很洋气。

梅花林就在人工湖边上。这年气候冷，梅花开得迟。新年过了十几天，光秃秃的树枝上才开始绽出粉白、鹅黄或殷红的花朵。梅花的香与冷冽的空气相宜，隔着湖面都能飘散至行人的鼻息里。有这些颜色气味做背景，人工湖前的小商贩也像挤挤挨挨的花朵，脸色染了梅花的粉白，呼出团团白雾蒸腾出冬尽春来时特有的和煦。林冬莹就在这祥和热闹中挤着，往梅花林去。沿途不断有人塞传单到她手里，她也就看了两眼。等拍完照，在湖边长凳上歇息时，才跟姐妹们拿着传单，你一言我一语议论起来。

楼盘其实就在眼前。视线跃过湖面、马路、绿化带，就是围着绿色防护网的工地。塔吊悬在半空作业，看得出这是个以小高层为主的大楼盘。林冬莹膝盖关节劳损得厉害，就随口说了一句爬楼梯累人，自己家虽然住二楼，但每天买菜进出好几趟，也是磨人。这一说，姐妹们就撺掇，不如现在去看看，反正就在马路对面。

小区是好小区，户型方正实用，规划的超市、游泳池一应俱全，林冬莹回来就跟丈夫和女儿提，不如买一套，全家搬过去。户型朝南，推窗见湖，多好。袁天成却是没什么兴趣："楼上楼下住什么人，你知道啊？"

"管它住什么人，你自己住得开心不就行了。"

"那可不行。"

"你不是真想买岑军生那套房吧？"

袁天成没答话。

"那套房子没电梯，也快二十年楼龄了，买来干什么？"

"环境好。"袁天成咕哝。

袁园倒是察觉了父亲的心思，劝解道：“你们再考虑考虑。白楼虽然住的都是领导，但不一定好相处。”

林冬莹像是被女儿一句话点醒：“袁天成，你想过官瘾啊？住进去了又如何？还不是平头老百姓！”

两人吵吵嚷嚷，各不相让。母亲厌恶这院子，父亲却想留守，袁园想起了搬回来的章美玲，于是走回自己房间，掏出手机拨了过去。

电话嘟了好多声，章美玲才接起来说“喂”，又说：“有人说找到宽宽了，我现在去接它回家。”

袁园随口问了对方地址，发现是在新区的边缘地带，便说：“章阿姨，都这么晚了，要不你明天再去吧。”

章美玲坚持说马上就得去，没说两句就哭起来：“没有宽宽，我也不想活了。”

袁园对着电话里传出来的一片哭声说：“那我送你去。”

在章美玲家楼下等待时，袁园发现，章美玲家楼下的九重葛长得特别高大。可能这植物本身就是爬藤类，要依着架子往上生长，攀附物有多高，枝条就能爬多高。她家楼下正好是大院东门，保安室本身已有四五米高，加上屋顶为了跟大门协调，也盖了琉璃瓦，就又高出一截，枝条就重重覆盖，将保安室的顶部铺满。一两朵姿色残存的花朵，踩踏着冬夜黑色的天空。

章美玲上车后，窸窸窣窣翻手提包。“两百块红包，够不够？”

两人一时无话，司机拧开收音机，本地交通电台，女主持在接听电话：“这位师傅，你慢点说，你要点歌送给谁？保密啊？那你想点哪首歌呢？《爱你一万年》？我们只有《再活五百年》，可以吗，喂？”

章美玲突然开口：“前几天我看见陈勇送你回来。”

“啊。”袁园装作看后视镜。

“他生了个儿子。”

“哦。”

“老婆是不如你的。”

“也不能这么说。”袁园拿起手机看一眼，并没有新信息。

“陈勇人是不错，只是没得大出息。”

“只有你这么说。”

“真结了婚，不见得好。”

“他对儿子不错。”

“你走了，同学都笑话他。”

“那些神经病。神经病。”

“你肯定遇到过比他好的人。他，就不一定了。”

“陈勇经常说起你。”

“啊。”

“他还记得，当时是你跟我爸爸说，我们早恋。”袁园笑了。

“是我说的吗？”章美玲也笑了。

“我还是喜欢喊你章老师。”

章美玲喉咙咕噜一声，过了好一会儿才又说：“顾恬和她的男朋友后来是结婚了吧？”

“结了，”袁园顿了顿，“顾恬回来了。她爸爸要出来了。”

章美玲像是知道点什么，“顾言刚也六十几了吧”。

“比我爸小几个月。”

“还是你爸命好，平平安安。”

袁园嚼着“命好”两个字，觉得说这两个字的章美玲跟记忆里的人不大一样了。

到了约定的小区，两人一起按门铃上楼。

那家人一开门，宽宽就扑上来摇尾巴。章美玲抱着宽宽亲了又亲，又翻看它的耳朵、手脚，玩得主人家都没心思看了，她却突然站起来说：“这不是我的狗。”答谢了对方就要走。

捡到宽宽的是个老头，原本还在跟袁园聊天，说狗是朋友送他的，这“朋友”是什么人，他没说。直到看到寻狗启示，才晓得“别人的心头肉，主人着急得很”，给章美玲打了电话。这下，章美玲说搞错了，老头倒有几分欣喜露出来。

走都走到楼下了，章美玲又说要把准备好的红包给老头。袁园搞不懂。章美玲也不解释，又蹬着楼梯爬上楼。

老头不收。章美玲突然眼泪汪汪地说：“老人家，你跟它做伴不容易，一点意思。”

在老头家楼下的花坛边上，章美玲对着枯黄的草哭了很久。直哭到天开始飘毛毛雨，袁园劝她，“别人看见了不好”。两人才走出小区来。

回去的路上，章美玲一声不吭。袁园自说自话一样讲些琐碎的事，想要分散她的注意力。袁园说，章老师你记不记得，高考结束，我们班几个同学去看你。你让我们想象未来的生活，“大好世界，大好前程”。

章美玲嗯一声。

袁园于是想起，当时章美玲倚在沙发上，一头长发乌黑浓密，显出旺盛的生命力。对着几个考上重点大学即将离开的学生侃侃而谈。她家客厅铺实木地板，摆几张真皮沙发。一串风铃挂在窗下，有风来，就丁零作响。

袁园盯着客厅里的书柜，章美玲说了句，“莎士比亚好，汤显祖也好”。又抽一本《临川四梦》送给袁园。

“后来去读大学了，我还从里面抄句子写信给顾恬。”袁园说。

章美玲这才搭了话：“抄哪段啊？”

袁园等着章美玲想起些什么来，不是“命好”这样的事，而是别的什么。车停下来等红灯，红灯的秒数从60递减。袁园于是从后视镜里看了一眼章美玲，她眼里分明蓄着泪。

袁园低声说：“姹紫嫣红。”

城中时兴的餐馆，多在新区的商场里。顾恬想来想去，还是约了陈勇和袁园去吃火锅。

火锅店开了多年，老板是四川人。袁园跟顾恬来吃过好多次。袁园跟陈勇也来过好多次。老板已经不跑堂了，顶着白头坐在柜台后数钱。就是这么一家店。

锅子端上来，照旧，一半酸辣，一半麻辣。久不吃这么辣，很快两个女的就汗水、鼻涕、眼泪齐流。纸坨坨扔到地上去，一些事也就不用遮啊挡啊的了。

顾家房子不好转手。消息散出去，零零星星来了几个人看房子，没有下文。就算是陈勇带来的外地人，急着要学位的，也对这套老房子不甚满意。一说起来就是，什么配套都没有，没小区没游泳池没超市，要走通整个院子出去大马路上才有，不方便嘛。但陈勇既然出了力，顾恬也就不想欠人情，说了要请客，那就请起来吃顿饭。

看两个女的辣成这样，陈勇就说去给她们买饮料，“奶盖茶嘛，流行”。他拎着两杯奶盖茶回来，却说：“居然遇到傻大姐！卖奶茶！”顾恬和袁园也想起了这个小学同学，扯几句闲话，就说一会儿要走去看看。

说来也是巧，虽然傻大姐小学毕业就没再读书，但读高中时，他们也遇见过她一次。高中的好一段时间里面，他们三个经常在一起。袁园和顾恬都怕谈恋爱被家里揪住，就搞“三人行”。袁园和顾恬是固定组合，随机搭配其中一人的男朋友。三个人中，陈勇是零花钱最多的。零花钱多的好处之一，是他可以跟袁园和顾恬去她们想去的地方。陈勇也就这样学会了喝咖啡。

又一次三人行，去庙口吃炸香蕉。香蕉挂了浆，放进滚油里炸至松软，切块后放在盘子里用竹签叉着吃，是流行的小食。他们点了炸香蕉、炸薄皮鱼、炸火腿肠。陈勇给钱，一人再一碗虾子凉粉和冰粉的二合一。

油炸铺拐出来，是一条上坡路。坡有些陡，骑单车的人多半得下了车推一截，载货的三轮车就更吃力了。他们三个说说笑笑，完全没留意身边那辆拉着货的三轮车和一个躬身推车的女人。直到女人喊:“顾恬！顾恬！诶，袁园！”女人额头上黏着些散乱的发丝，一张脸涨得通红。“是我啊！还记得不，老同学？”她“嘻嘻”笑着，全然不顾对面三个人的冷漠，还伸出手拍打陈勇的肩膀，“哇，陈勇！是你！”

陈勇那时正绞尽脑汁地想怎么在接吻的时候把手伸到袁园衣服里去，所以推车女人一对沉甸甸的乳房让他震了一下。他也就多看了几眼。女人背着娃娃，背带把两个乳房勒得格外凸出，一左一右都有乳汁渗出来，沾湿了红色涤纶上衣，湿漉漉地显出两块圆形水渍。

女人和车消失后，袁园才开口对顾恬说：“傻大姐不傻了。”

袁园那天不晓得为什么就跟陈勇生气，一路不跟他说话。送袁园到家楼下时，在路灯照不见的角落里，他伸手拉袁园，却挨了一拳。他又伸手拉，袁园突然歇斯底里起来。哄了半天，袁园嘤嘤说，变成傻大姐那样，太惨了。陈勇不明白，但还是说，我怎么会让你过成那样呢？她家是拉煤的啊！袁园沉默了一会儿说，你不懂。陈勇抓着袁园的手许诺，凉粉吃一碗倒一碗，再来一碗送给傻大姐。可以不？袁园这才被逗笑了。

现在，人家傻大姐才不稀罕一碗凉粉。奶茶店虽只有五六平方米，但请了两个小工，傻大姐只坐在电脑前数钱、接外卖订单。城里大大小小的奶盖茶十来家，傻大姐这家虽然其貌不扬，但电脑不断跳订单出来，生意真是好得很。四个老同学站在奶茶店门口的石板路上，顺着傻大姐手指的方向看招牌，这才发现“贡茶”两个大字的上面，塞了“洛洛”两个字，也就是说，这家店其实叫“洛洛贡茶”。他们也才想起来，傻大姐也有名有姓，叫罗洛。这名字喊起来跟方言里“猪猡猡”太接近，小学生作怪，逗起来闹，搞得傻大姐自己都不愿意提这名字了。但现在放到招牌上，很是协调。

“我这个是山寨版。正版的加盟费都要十几万，我哪里出得起！”罗洛笑。

“生意好得很哪。”陈勇说。

“混口饭吃就不错了！”罗洛还是胖，乳房和肚腩都耷拉着，把羽绒服勒出三个弧度。

罗洛又问袁园和顾恬：“娃娃好大了？”

顾恬说，五岁了，是个姑娘。袁园说，还没要娃娃。

罗洛拖长声调：“还是早点要，你看我大姑娘都十六岁了！小儿子也上二年级了！”

陈勇说：“比不得你嘛！儿女双全！”

罗洛又说起自家老房子被拆迁了，原本打煤场那一片棚户区全部拆迁了，回迁进电梯公寓：“现在哪家还烧煤啊？连开馆子的都烧煤气了。拆了好，我老爹老妈也做不动了，我和我哥两个养起他们。”又问袁园和顾恬现在住在哪里：“你们那片还没拆迁啊，全城都拆迁了啊。”

顾恬笑了笑说：“全城都拆了啊。”

话聊干了，三人就说要走，罗洛喊他们：“哪天一起打麻将啊！”三人回头，罗洛叉着脚站在路中央，冲他们挥挥手。

顾恬想到点什么，就跟陈勇说：“全城都拆了，我们去看看，都拆成什么样了。”

这么一说，陈勇倒是为难了，拆得一片稀巴烂，有啥好看的呢。

顾恬说：“那就绕城走一圈，袁园也没看过。”

陈勇说：“绕城啊，这个简单。”

他们吃饭的火锅店，在老城区最西面的清溪路。清溪路跟城里20世纪60年代修筑的大部分道路一样，是双车道，到现在，私家车越来越多，老城区的道路多半改成了单行道，他们沿着清溪路往前开，一路向西，就是绕城了。沿街的商铺倒是都还开着，不像是拆迁的样子，但路边上楼与楼的缝隙里，看得出居民楼窗户在大冬天仍敞开，住户早已搬空。清溪路往南拐进幸福路。幸福路多是服装店，在大商场建起来前，袁园和顾恬要买衣服，都是从街头逛到街尾。陈勇说，这些铺面，以前十几二十万一年，现在不行了。

幸福路走到尽头，往东是一条拓宽的八车道马路。过年，路中央的花坛上，红梅和山茶正盛。红梅高，山茶矮些，应春节的景，红得夺目，把路灯上挂的宫灯都压了下去。顾恬发现，这条路的北侧，挨着家属院的南墙。从前，这堵墙以南，住的都是有祖产的本地人，似乎陈勇家的老宅也在这里。

“陈勇，你家祖传的房子呢？”顾恬问。

“没得了嘛。”陈勇说。

“说拆就拆啊？”袁园问道。

“我跟你们不一样。小老百姓，喊拆，就躺起，拆不拆，生活都要过的嘛。再往哪里搬，还不是闭起眼睛就走回家了。”

“你倒是好。”顾恬说。

“好什么好，大小姐，我跟你换，我去住你北京的大房子，行不行？”

顾恬伸手打陈勇。“三天不打……”又喊袁园，“快，捶他。”

袁园笑着打了两拳，突然想到，以后父母不在了，陈勇就是她和顾恬在这里认识最久的朋友了。这样想来，每次她回来看望父母，只要联系陈勇，陈勇都会说，回来跟我说，本地大事小事，我还是管用的。这不是一句空话。友谊有多久了呢？从六岁读一年级的第一天开始，到现在，二十六年。是很长的时间了。

八车道马路开到一半，陈勇问，往河边走还是去新区？河往左拐，新区右拐。河原名济番河，跟这方被叫作镇远、定远的土地一样，是汉人征讨西南的记录。后来改了名，去了“番”字，“济”字三点水也拿掉，就唤“齐溪”。说是溪，最宽处河面有五十米，河长也超过一千千米，属长江水系乌江流域。流经小城的这段，平缓如镜，花落入溪，经世代修葺成了著名景点。河上架放鸽、迎鹤、扶风等桥，沿岸筑亭阁草堂，小城人心所归。所以，去河边，对袁园、顾恬和陈勇来说，并不是去水边走走，呼吸新鲜空气。河不只是河。

顾恬却说，去新区。

陈勇就把方向盘顺时针一打，拐上开发大道。一进新区，车窗外就换了颜色。老城浸染了齐溪的河水，深绿是底色，沿街建筑白墙灰瓦。新区则多是玻璃幕墙的高层建筑，体育中心和紧挨着的几个商场，都是金属色外墙，一栋栋远远趴在路边，像太空飞船。“我看跟北京也没什么区别。”顾恬说。这种布景下，车好像开进了别的时空，这里像央视天气预报会播报的任何一个国外大城市，却跟顾恬和袁园记忆里的家乡，没什么关系了。

在一个商场侧面的巷子里，小贩推车卖炸洋芋、烤豆腐。陈勇留在车上，顾恬和袁园下车，一人买一个白糖搅出来的棉花糖。棉花糖蓬松，柔软，舌头一舔上去就化了。

“我后悔过。”袁园看着不远处车里的陈勇说。

“你帮他当会计、站柜台不？”

“没这个本事。”

“各人有各命。”

“也是。”

“看看章美玲。”

“你还相信什么？”

举着脑袋大的棉花糖，顾恬静静搂住袁园。两团棉花糖在她们各自身后，包围，环抱，切割出只属于她们的小世界，像她们五岁时那样。又像她们十五岁时一样。

在新的事物出现之前，衰颓早已发生了，比后来人们意识到的，要早很多。

大院的九重葛和桂树才种下没几年，城里的植被已换了风气。“旅游之城”的定位一经提出，“花园城市”也紧接而来。更常见的说法是，要在“花”字上做文章。于是，原有的紫柳、迎春、桃、桂花这些木本植物之外，又多了海棠、含笑、玉簪等四季不同的花卉，树木也种了时兴的银杏、樱树、玉兰。空气里的味道，混合了新生植物的繁杂，总是带点甜了。

1998 年，袁园和顾恬升入高一。与外界的杂音相比，她们身体内的一些巨大的构造正轰隆成形。少女的身躯光璨夺目如宇宙之心，蓬勃生动如洪荒之原。像是要给这笼罩在教室、操场和走廊上方的荷尔蒙雨云增添更强的记忆点一样，从暑假绵延至开学，电视上反复播放特大洪水灾害的画面。即使霸住遥控器让电视定格在 Channel V，让范晓萱唱“3155530 都是都是我想你，520 是我爱你，000 是要 kissing”，也消减不了央视主持人的背景音。而这背景音之强大，让纵使被同样强大的青春色相摄魂的学生，也终究不能躲避。

黑板上张贴出全校师生的捐款明细。顾恬踮起脚尖，手指在一个名字上点了点，回头冲袁园笑了。袁园也就这样认识了顾恬喜欢的男生。成百上千个一模一样宋体打印的名字中，顾恬以调皮的举动在纸面划出一道隐形的缝隙。而接下来发生的事，也就并没有因其突然、重大、不可抗拒，而真正击垮她们。

父亲们开始“集中学习”前，袁家来了一位客人。一个比袁天成年轻一些的男人，讲话时带点外县口音。男人既不是单位的同事，也不是平日的朋友，袁园就多看了几眼，记住了这个晚上九点多上门的客人。

后来，集中学习愈演愈烈，袁天成三天两头不见人影，林冬莹的话里开始透出不可控的焦虑。

“求顾言刚办事，来我们家干什么。”“‘讲学习，讲政治，讲正气’，你自己讲清楚了没有，讲清楚了听听别人怎么讲你。”“谁不是泥菩萨过河，这个人乱串什么门！”

父亲们暂时从家里消失，并没有让袁园和顾恬惊慌或警觉，反而，要抓紧这难得的自由。

与身边其他陷入恋爱的女生相比，她们选择了“间距”的关系。也许，与爱相比，她们更需要的是对爱的想象。拥有一种极致的想象，但不去实现它，可以说就是幸福本身了。当然，这些都是性到来前的状态。还可预设，可控制，可一厢情愿。

去袁家造访的不速之客，很快引发了连锁反应。最直接的一点就是，持续进行的“三讲”中，袁天成必须讲清楚，关于自己、关于顾言刚的一切。

要讲清楚的事情并不久远。

几年前，顾言刚确实赚了点钱。他借调结束，不知为何新的单位接收出现问题，迟迟没有解决他的安置。那时，国企垮了大半，地方经济一蹶不振，也就鼓励个人“下海”。没班上的那阵儿，顾言刚跑去深圳做生意了。现在看来，这些事充满了偶然性，近乎不可思议，可在当时，确确实实就发生了。内陆的经济与资讯都还极度闭塞，做生意多半是打时差，把沿海的东西卖到内陆，再把内陆的东西倒腾到沿海，在两边的需求落差里牟利。这个事，袁天成确实能帮上点忙。袁家的沿海亲戚，似乎这时开始真正发挥了一点作用。可这生意也没做多久。组织上终究解决了顾言刚的安置，他也就回到了一直所属的队伍里，继续做一名干部。但在这过程中，袁天成没少掺和。林冬莹有了第一瓶真正的法国香水，而袁园穿上了人生第一条牛仔裤。除此以外，顾言刚和袁天成其他所有的事，也须讲清楚。在这个小小的世界里，但凡你做过的事，都会被清算。所以，不管是几讲，首要问题，你得把自己先讲清楚。你得讲清楚，才能不犯错误。

林冬莹是怕的。似乎人生头一次，她需要面对丈夫就此消失的局面。消失的代名词有很多，她忌讳，不提，但心里清楚。它们是——逮捕、刑讯、监禁，以及有可能的——判决、入狱、改造。

在这样的气氛里，袁园和顾恬变得沉默。承受这些所需要的能量，超出了她们的年龄所能负荷的极限。在那极缓慢的几个月或更长的半年、一年里，某种沉沉下坠的力，几欲拖垮她们。

那段时间，林冬莹和朱虹格外亲近，她们经常奔走于有“消息”的家庭间，交头接耳。朱虹比林冬莹更恐惧。她偷偷扔掉了一些皮包，首饰也典当了不少。甚至打听起在外地如何购买商品房。就在她担心干儿子们会不会还如往常般上门时，却发现，家里除了自己和女儿，已空荡荡。

每个晚上，她都去袁家找林冬莹，两人一起去敲那些平日并没有敲过的门。到这时候，她们突然对章美玲有了另一层面的了解。章美玲可以不必顾忌，就去敲任何一家的门，同样是求人，她少了一个很大的负担——妇道。就像林冬莹说的：“反正她都那样了。”可是朱虹呢，只能跟林冬莹结伴而行，别无选择。

短暂的结盟并不可靠。林冬莹终究比朱虹更有城府，找了别的太太联手。朱虹只好每个晚上都待在客厅里，眼睛盯着电视，心思却不知走到了哪里。顾恬从房间出来，看见母亲一颗接一颗地吃葡萄，脸上格外平静。

顾恬却是垂头流下了眼泪，不知是什么，将她们统统逼向疯狂。

母亲们不在家的夜晚，顾恬和袁园在家的楼下交换钥匙。有一两次，顾恬站在楼下等钥匙时，男友也在。隔个十来米远的样子，站着，冲袁园笑笑，像这只是两个女孩之间的事。袁园一度觉得，画面本可调换角色，是她从顾恬手里接过钥匙，带了男友去顾家。她想给顾恬一些安慰，但什么也不能做，只能递上钥匙。

真正的理解，需等到袁园拧开自家门，听到父母卧室里传出林冬莹的呻吟和一个陌生男人的声音时，才能明白所有人在经历什么。

袁园轻轻关上了门。当晚，她跟陈勇坐在一间小宾馆的床上，像顾恬跟她说的那样，“你就倒下去”。在欲望与恐惧之间，在空荡荡的家之外，她们揽住一个男性的臂膀，像坐在浴缸里等待温暖的水一点点漫过胸口、脖颈，直至将她们带入安全的堡垒。她们天真得可笑。但某种程度上，又哀恸异常。

后来，袁园常想，是变成了大人，才让她们离开了院子，还是离开了院子，她和顾恬才变成了大人？如果从父母手中，从这个院子中，或从更庞大、更黑茫茫的背景音里剥离出自己的身体，是炽亮如白昼的第二次诞生。那么，新生命随之而来的摹仿、演习、规训，她们则以创世般的话语和权柄，一一命名，且言出即行。一切的规矩，从此由自己定了。

而身后的世界，这世界里所有的面孔、记忆，都破碎塌缩，只因女儿们坚持说——不。连自己身体都不顾惜的少女，大抵不会惧怕任何失去。家大概就从这时起变了样子，旧因新的诞生而寂灭。时间也因此开始以加速度向前，如露如电，容不得她们回头，回头就要凝成石柱。

如此这般，距离袁园和顾恬头也不回地考上大学、任意恋爱、离开院子，已有四五年。当她们快忘掉旧世界的梦魇时，它却如幽灵，终于覆盖上来。

顾言刚的垮台，流传过好些版本。

最开始说，是在单位被带走的。顾言刚专横跋扈，行事嚣张，但有一点是公认的，他总是拼了命地工作，从不停歇。所以那一天，他也是在单位。周一，他照例开了一上午的会。中午打了个盹。两点半一过，办公室的人打开门准备工作，顾言刚也打开门，端着茶杯漱了漱口。那几个人是突然出现的，直接走进顾言刚办公室，没说几句，就把他扭了出来。全局的人都还没反应过来，顾言刚就被按着脑袋塞进了一辆面包车。

在这套市井坊间的版本之外，院子里的人又讲出另一个版本。顾言刚出事时，并没有出现什么戏剧化的场面，甚至，他身边的人也没有马上察觉。几次约谈后，他照样上班，也亮相于一些公众场合，还在电视电话会议上按在职职务发言。直到半年后，一次低调的人事更迭，才让系统内部的人确认了结果。顾言刚的职务被新人替代，顾言刚本人则没有任命文件。这是终结。用民间土话说，他“即刻报废”了。

这过程中，动作声响，外人并不能知道。甚至顾家母女，也并不能说清楚。之前几乎击垮她们的一次次“演习”，只成了预演。真正的灾祸来临时，没有人能预知。倏忽而至的流星光束里，核心的陨石将砸向何处，是砸坏一辆拖斗车，还是毁灭整片村庄，甚或撞出一个湖泊。人不能知道。

袁天成说他不相信。他平时用于描述此类事件的词组“×× 犯错误了”，没有用在顾言刚身上。甚至，他也不主动去讲。包括对女儿袁园，也只是在一次电话的最后，淡淡提一句：“你顾叔叔出事了。”

袁园和顾恬一样，那时候已经在外地了。在电话另一头，袁园没有问父亲，他不相信的究竟是什么。

对着窗外、楼群切割出来的杳远海面，袁园流下一点泪来。在夏天上蒸下煮最热的时节，顾言刚总是打着赤膊吃西瓜。他吓唬两个女娃娃说，胸口那大咧咧的伤疤，是打老虎留下的英勇战绩。她们都相信了。所以后来，袁园也不愿意去想，那或许只是某个手术，要切除身体上不该有的组织与肌理。

正月还没过完，顾恬就走了。房子一时半会儿出不了手，干等不是办法。

顾恬走了没两天，章美玲搬走了。陈勇告诉袁园的版本是：“章老师喊我帮她搬家。”袁园回了个表情包，过了半天又回：“还是帮顾恬找找买家。”

半年后，7月的一个很热的下午，袁天成刚睡了午觉起来，接到了岑军生的电话。他坐起来，去卫生间用冷水洗了脸，感觉清醒了一些。再看了一下手机，确实接了一通岑军生的来电，通话时长32秒。他跟林冬莹说要去一趟超市，就出了门。

岑军生给他开门，还没等他说话，就说：“我准备回来住了。”

岑军生说，过完年他跟老伴就去了加拿大，探亲签证有效期为六个月，但他早就待腻了，不是儿子留，他早就回来了，“刚开始每天看松鼠和麻雀在草坪上蹦还新鲜，后面管它们来几只都不想看了”。又说自己不懂英语，老伴好歹是英语老师，能跟媳妇比画几句，自己就成了个哑巴，“什么都做不成，跟坐牢差不多”。还说自己想清楚了，还是在自己的老窝最舒服，哪也不想去了。

听他差不多说完了，袁天成说：“回来住也好，都是老下属、老同事，凡事有个照应。”

这句话一说出，岑军生一下子松弛了，像是不用再为自己的决定找理由。又说，老干部局的人听说自己要回来住，也上门来慰问，还建议他积极参与文件学习和各种活动。

袁天成点点头。这些退休干部的待遇，他是没有的，他收到的通知，一般是歌咏比赛、朗诵比赛、书法大会之类。

两人又说起半年间老同事、老相识的动态。岑军生提到方小鸣，说看电视里的地方新闻，方小鸣看起来气色不错：“当年他来的时候，还是个刚毕业的大学生！”

袁天成想起了什么，支吾了两句说：“我过年的时候去找过他，言刚不是要出来了吗，请他关照关照。”

岑军生点一支烟：“天成啊，他又能关照什么呢？”

袁天成答不上来，心里想的一句“他还在位上”也没有说出来。

“他现在势头正好，那么多双眼睛盯着，他就是有心帮也要避嫌的。”

“我晓得。”

“你要是真的想找人，还是找言刚原来关照过的小兄弟，不吃这碗饭的。”

从岑军生家出来，袁天成脑子里嗡嗡着“不吃这碗饭的”几个字。暑气蒸腾，衣服却冷冰冰地贴在他背上。大概就是那些做生意的吧，拿得出真金白银的，总归好过口头所谓“打个招呼”。回家后他跟林冬莹说，不用考虑岑军生的房子了，我们应该把言刚的房子买下来。

“你疯了啊？”林冬莹吼。

“就当借给他。”

“你欠他的啊？这个家不用钱啊，袁园不用钱啊？”

两个人这架吵得厉害，吵得林冬莹打电话给女儿袁园哭诉，你爸疯了，居然要去买顾家的房子。更可气的是，袁园居然说，也不是不可以，就当借给他们。

“你们两父女就是我的克星啊？我一辈子伺候你们，到头来文个眉毛都不敢花钱！”林冬莹哭起来，是真的伤心了。哭够了，林冬莹也没再闹，毕竟，存折在她手上，哪个敢乱动！

又过了一个多月，顾言刚出来的日子一天天逼近的时候，顾家的房子突然卖出去了。

林冬莹每周总有两三天在外面跟姐妹打麻将。她退休后参加了合唱团、舞蹈团、老年健步团，认识了全城爱唱爱跳的老年妇女，信息渠道也就大大拓宽了。这天，牌桌上，陈三嬢说，自己侄女最有生意头脑，最近收购了城里面好几套老房子，等着升值。陈三嬢的儿子不争气，毕业了不工作只啃老，所以她经常拿这个传说中的侄女出来绷点面子。林冬莹一般都是说："了不得哟，你这个侄女！"嘻嘻哈哈就过去了。但这天，不知道是不是"房子"这个词刺激了她，就多说了一句："老房子还升值啊？那我把我们家老房子卖了！"

陈三嬢一边"碰"一边说："她买的几套里面，还真有一套就在你们那片。"

"墙外面那些农民房子？"

"不是，不是，就是你们院子里面。听说是当官当到省里面去了，后来判刑了的。"

"姓哪样？"

"好像姓付……不对不对……反正不是个大姓，"陈三嬢摸起一张牌来笑眯眯地说，"姓顾！姓顾！"

林冬莹走了神，等了好久的一个杠子都错过了，"啪"的一声把自己的三个八筒推倒："哎呀呀，报废了。"

“我侄女说，买下来，等拆迁一量房子，一套少说要赔一百万！”陈三嬢又“碰”。

“拆迁？哪里拆迁？”牌桌上其他三个人都问。

“大半个老城区都要拆！”陈三嬢得意，“我侄女不是在市政府嘛……”

林冬莹冷笑道：“她这买卖可能要打水漂了。拆哪里，都拆不到我们那片的。”

陈三嬢摸牌，叫一声：“自摸！”其他三个人数钱递钱，她又说：“林妹妹，你们那片是不是预制板盖的？说是预制板盖的，现在都算棚户区，统统拆迁！”

林冬莹不吭声，把钱甩在陈三嬢面前：“输得老子鬼火戳[1]！不打了！”

回家，顾言刚被问蒙了，说我确实不晓得顾家房子卖出去了啊。他想了想，又反问林冬莹：“这下你也不用担心我想买他们的房子了，还闹什么呢？”

林冬莹打电话给袁园，女儿说，顾恬没跟我说啊！过了几分钟，袁园打回电话来说，确实是卖了，林冬莹高兴

1 鬼火戳，西南地区方言，意为怒气冲天。

起来，跟顾言刚说：“拆了好，我早就住腻了！”

这天晚上，袁天成想发一条短信给顾恬。短信是这样写的：“恬恬，你好！望带话给你爸爸，欢迎他回来。他的根基在这里，我们这些老朋友也都还在，互相有个走动、照应。我去年大病一场，想通一个道理：活着就好！钱的事情不要顾虑，总可以解决！袁伯伯”

字打出来，袁天成盯着屏幕看了好多遍，把短信删短了：“恬恬，你好！望带话给你爸爸，欢迎他回来。我去年大病一场，想通一个道理：活着就好！袁伯伯”

手机的电从 82% 一直戳到 30%，袁天成把短信改了又改，删了又删，最后没有给顾恬发出去。他只是走去阳台上，抽了一支烟。

顾家的房子卖出后，林冬莹松了口气。她报名去泰国旅游。“袁天成，跟着你省吃俭用，国都没出过！今时不同往日了”。袁天成说：“拆迁款都还没到位，你就把钱用了。”林冬莹兴高采烈地试自己在网上买的新墨镜、太阳帽：“不跟你说了！”

从踏上去泰国的旅程开始，林冬莹每隔几小时就给袁园发图片，“快帮妈妈美一下”。袁园就帮她“一键美颜”“一键瘦身”，让她发朋友圈。偶尔也有林冬莹跟其他团友的合影，袁园认出其中一张，是林冬莹跟章美玲。

林冬莹的说法是，章美玲得了癌症，出来游山玩水已经大半年了。林冬莹一开始看见团里面有章美玲，还不高兴得很，后来晓得她的病，倒真是同情起来。“到了我们这个年纪，都晓得只有生死是大事。”同情归同情，林冬莹还是林冬莹，跟女儿说完这些，马上问一句：“妈妈和她哪个美？”

袁园于是更仔细地看那张合影。真要说五官，林冬莹是更好看些的。但章美玲有说不出来的味道，笑容、眼神、仪态都引人遐想。袁园回：“妈妈你更漂亮。”也算是实话。章阿姨更美。

林冬莹看了女儿的夸赞，连回两个“棒棒哒”。

章美玲去世前委托陈勇把自己的几本藏书给袁园留作纪念。袁园翻了翻，一本里不知何时夹了章美玲年轻时的小照。照片背面写了“似那处曾相见。天成留念。1999 年夏”。袁园想了想，合上了书。

九重葛贱。秉性与这方水土太相宜，不需照料就长得漫天飞舞，花开颜色也秾丽俗艳。新班子提倡植银杏。说是进口的树苗，新城区八车道的路边三米一棵，真真的黄金大道。银杏却不喜这边多石的黄土，长得垂头丧气，始终不曾像市民们期待的那样，绽出一地金黄，在秋的天色里闪闪发亮。

小广告刺眼。通下水道、开门锁、装家庭监控，强力胶水把小广告贴满家属院的楼道。撕不动，抠不动。得往墙上泼水，再用铁铲刮擦，才露出楼道原本的水泥墙裙来。新城区多是电梯公寓，楼道贴白底黑纹大理石砖，陌生人进楼按对讲机、向保安登记，不会有贴得乌七八糟的小广告。上楼下楼，对着电梯间铮亮的镜子自照，人似乎也光洁尊严起来。

也有一些人倒是不变。走错路，认错门，一如既往以为这里还是政府大院的入口，聚在家属院的路口吵吵嚷嚷。喊些路人没法听懂的话。路人多是些老人。孩子们已长成，年轻人搬去更有身份的地段，院子里渐渐只剩下老人。人老了，就失去性别，穿得糊里糊涂，吃药多过吃饭，也只知道过老年的生活了。

2008 年的雪灾之后，这地方没再那么冷过。倒是城里塔楼越修越多，小车拥堵在任意一条巷子里，夏天开始变得像蝉的叫声般灼热逼人。而只要雨又下起来，人们还是会说，下雨当过冬。如若是冬天的雨，则预示着凛冬将至。

顾言刚出来后不久，顾家就搬了回来，用卖老房子的钱，在新区买了新的公寓，有花园，有电梯。最开始，顾言刚不太愿意出小区，每天在院子里散步十几圈。后来，他慢慢熟悉了新区的每一条道路，还学会了滴滴打车。有一天，他突然打了滴滴，来大院敲袁家的门，说要带袁天成去吃杀猪饭。

袁天成没有像其他退休干部一样，去老年大学唱歌、打拳、写书法。他学会了上论坛。刚开始只是看，慢慢自己开始写。他的玄幻修仙武侠惊悚巨著《苗乡蛊师八千里追凶神探狄仁杰》写到了第一百零八章。

顾言刚的性子还是急。袁天成第二次脑溢血进重症监护室，顾言刚冲去撞击重症监护室两扇铁门，要喊醒昏迷的袁天成。

大院拆了大半，具体说，十二栋单元楼拆了，预制板盖的解决性住宅，都拆了。六栋独院小楼，还有白楼，却留了下来，成了活化石。

袁园和顾恬，在上海、北京过她们的生活。同学们都知道，她们俩，加上陈勇，回来处理了章美玲的后事。据同学们说，事情是按袁园和顾恬的意思办的，很低调，很体面。章美玲穿紫罗兰色软呢洋装，戴珍珠色蕾丝手套、面纱。唇色嫣然，双颊绯红。不认识的人以为，这对姐妹悼亡的是自家姐姐。

后来的春节，顾恬通常会来给袁伯伯和林伯母拜年。在袁家，四颗头颅紧密团结在带电炉的桌子周围，热热闹闹吃起来。灯光是橘色，脸是红色。过个一两天，袁园也会去顾家，拎两瓶酒，或者带两条烟，跟顾叔叔和朱阿姨拜年。顾叔叔身体还是好得很，脸膛红而亮。就像小时候一样，她和顾恬都觉得，顾叔叔可以打死老虎。

拱　猪

卤肉铺在向阳路的尽头，向阳路在小城东北角。丁小莉头天搓了通宵麻将，靠在沙发上打瞌睡。几只苍蝇趁她不备，盯上了卤水大锅里翘出来的半只猪耳朵。猪耳朵不声不响，伺候节肢动物跟伺候灵长类动物并无区别，只乖乖趴着等嘴下口。圆柱形的阳光照射在猪耳朵上，也照射在沙发上。沙发金黄色，布满黑色图案，都是些扑克牌花色，黑桃、方片、梅花，金色沙发上，丁小莉穿一件紫色高领毛衣裙。毛衣领口有点松了，她两腮的肉嘟噜噜垂下来，一边压在领口上，一边压在沙发破洞冒出来的一块海绵上。这个沙发不晓得被多少个屁股蹭过，里面的弹簧早就忍受不了，把海绵拱了出来。黄色的一坨老海绵，刚好顶住丁小莉的脸。她的脸明显松垮了，好在皮肤还算白。

太阳慢慢升起来。卤肉铺里平时黑黢黢看不清楚的角落，也在近午时的光照下变得清晰透亮。自然，锅碗瓢盆都镀上一层经年累月的油污，见证了卤肉铺十几年来生意的火红。但丁小莉坐着的那张虎皮花纹一样的三人沙发，以及沙发前面拿来当茶几用的两张竹凳，又暗示了这家卤肉铺招徕生意的特殊之道。柜台背后一溜玻璃坛，泡了些田七、杜仲和狗脊，大小几个酒斗倒挂在坛子边沿，斗柄早被人手摸得发亮。

如果是平日，丁小莉早就歪歪斜斜倚在沙发上，笑眼望着门口尘土飞扬的小马路，等下工的人踩上门槛，吆喝切二两耳朵、肚条，再来一斗养生壮阳酒。但头天晚上她输得太凶，输得丧失了所有斗志，连站起来用筷子翻一翻锅里的肉都没得心思。

不见酒客上门，倒是远远看见一个熟悉的身影往这边走。丁小莉起身，把紧身毛衣裙拉扯拉扯，包住圆滚滚的屁股，回头说："老张，我回家一趟。"老张正在炸油酥花生米："有事啊？"丁小莉瞟一眼那个越走越近的身影："珊珊一个人在家，我看一眼就回来。"老张"唔"了一声当是回应。丁小莉三步两步跨过赶早市的人留下的烂菜叶子，直冲冲往家里去。那个影子像是有默契，不远不近地跟着丁小莉的高跟鞋。两个影子就吸在了一起。

家中哪里有人。门哐啷一声推开，停了数秒，再吱一声合上。四只脚交交叠叠就坐到了沙发上。男人伸手出来，搭在丁小莉膝盖上。丁小莉没有躲闪，也没有叉开腿让那只手滑向更深处，只是说："要搞就在沙发这里搞，刚给珊珊换了床单。"手被这句话打蔫了，慢慢缩回它主人的身体，在膝盖和大腿上逡巡着蹭了蹭。

"珊珊还乖吗？"男人问。

"乖得很。"丁小莉仰头靠在沙发上，一对大胸脯从山峰塌成高原。

"我准备去广西走一趟，拉点水果回来卖。"

"车子哪里来，油钱哪个出？"丁小莉眼睛缝里漏点余光出来打量他。

"我有钱在左老五那里。再说了，卖了货给他们点数嘛。"

丁小莉不再吭声，从红色手提包里数五张百元钞票出来，放在男人大腿旁。沙发上铺着碎花坐垫，姹紫嫣红，俗气得很热闹。

男人突然咳嗽一声，咽下去一口老痰，哑着嗓子说：“你受累了。”

丁小莉恨地瞪他一眼：“少给老娘灌迷魂汤，快点去把钱挣回来。老娘要切多少个猪耳朵才切得出珊珊的学费。”

“你不要着急嘛。”男人伸手出来想揽住丁小莉的肩膀，被她一手打开。

“晓得生不晓得养，伍爱国，这次你要是再给我扯拐，你看我还会不会放过你！”

男人贴过去，在丁小莉耳朵边哄了几句，就解开了皮带。

他们两个就像十几年前那样，亲亲热热抱住，诚诚恳恳相信，两个人可以一起抵挡坏事情，等待好事情。

而光，来自太阳永恒燃烧的光，像看得见这些又看不见这些一样，从窗户透进来，慢慢淹没了两个垂着肚腩的身体。

她们说好了的。她们，珊珊和“苹果化了”。10 月 16 号演唱会前，“苹果化了”先住到珊珊家来。钱应该花在买门票和做应援上，不要浪费钱去住宾馆。现在是“打江山”时期，她们的每一分钱都要花在对傅覃有利的“刀刃”上。

所以这天，“苹果化了”从家出发，坐了三个小时长途巴士，到了省汽车客运站。前一晚，临出发前，“苹果化了”在QQ里又发了自己的照片。但在出站口接她的时候，珊珊一眼认出的，还是手上的绿丝带。绿色是她们的应援色，绿色的海报、气球、衣服、包包，还有就是人手一根的绿丝带。是她们的暗号。也可以说，是一眼就可以看出的，她们跟傅覃的关系的证明。

就在前一天晚上，珊珊在自己的QQ空间里写了一条日志，设置为私密，只有她和“苹果化了”可以读到。

“如果没有这样爱过一个人，我又懂什么呢？不懂。我们班班长，还有我们院子里那个张某人。我晓得。他们哪个比得上傅覃。哪个会发光。”

“苹果化了”给她留言：“他跟其他人都不同。跟所有人都不同。”

从某一个时刻开始，她们有了共同的秘密，只用说出双音节的“傅覃”两个字，就可以旋开隐秘世界的门把，走进去。

坐在车站的铁椅子上，珊珊抱紧了腿上的书包。里面只有一个笔袋。来车站前，她回宿舍把所有的书都倒在了床上。宿舍里一个人没有。她把书推平，像丁小莉在牌桌上把牌推平一样，再把被子盖在书上面，拉上蚊帐，背着轻到前所未有的书包，走了。

有一个好地方在等着她。跟眼前二十平方米架着四个高低床的宿舍不同，跟七十多个人头“嗡嗡”读着书的教室不同，跟她和丁小莉那个破旧又充满花朵图案的家不同，她要去的那个地方，没有这些具体的形状，只不过有一个朋友在那里等她。一个好朋友。

所以后来，“苹果化了”和绿丝带从车站的人山人海中浮出来。两个人紧紧抱住。珊珊说：“你终于来了。”

卤肉铺终于还是来了几个客。见丁小莉踏进门来，就“幺妹幺妹”地喊。被唤作“幺妹”的丁小莉，也挤出些疲惫的风骚来，一只手扬起在空气里摆了摆：“晓得来了啊，还以为你们出城打野味去了！”

酒客“嘻嘻”笑着，要在丁小莉从过道挤过去的屁股上掐两把。老张从案板上直起身子来：“幺妹，来打个下手。”

丁小莉洗手系围裙，端起不锈钢大钵钵，手脚麻利地把辣椒面、花椒面、葱花、芫荽、味精、盐、酱油、花生米舀进钵钵里，用一个大勺子搅动，在胸前颠着拌起来。酒客们又“嘻嘻”笑起来，露出满口烂牙。

卤肉铺里的男人女人，跟别处的男人女人有所不同。说是男人女人，其实女人就丁小莉一个。当然，偶尔也有几个凶婆娘，跑来这里揪自家男人的耳朵，撒泼卖疯，但她们终究不属于这里。不管她们是要把男人拽回自己的领地，还是要在这个看似属于家的地方撒点尿留下痕迹，她们都只是偶尔闯进这个围了栅栏的猪圈的几只瞎眼母鸡。“咯咯咯”乱扑腾一阵，就又夹着不能飞的翅膀走了。

丁小莉主宰这里男人和女人间的法则。对那些酒上了头后“吱哇”乱叫的男人来说，动歪脑筋可以，偶尔动动手也可以，其他的，没门。至于为什么没门，他们也想不通。反正这么多年了，就是没有哪个搞通过。丁小莉的魅力，也就持久下来，变成了混杂着流言、想象的传奇。

老张用钩爪把猪鼻子、猪耳朵从锅里吊起来，放进不锈钢大盘子里。又红又亮，卤得正好。只是那些肉身上都有一个又深又宽的孔，铁焊穿透留下来的印迹，细看有点森森地吓人。

他带着笑意回头想跟丁小莉搭话，但又被那张脸上的愁容噎住了，改口问："又着了啊？"

"着惨了！"丁小莉用力搅两下怀里的卤肉。

"是跟哪些人玩哟？"

"就是有两个不认得的人嘛，我怀疑是着了道了。"

"不认得的人你就不要玩嘛。"

"老张，现在连你都要说我了哈？"丁小莉挑起眉毛。

老张把大盘子转向玻璃橱窗当街的那一面，露出卤肉的卖相，顿了顿说："我这不是……"

"不是什么？"丁小莉就是要捏软柿子。

"没事，没事。"老张打哈哈，第几百上千个哈哈，于是又从他们之间糊里糊涂地滑过去了。

丁小莉端起拌好的卤菜，往酒客面前一放："吃不完要双倍赔付啊！"

"又不是自助餐，幺妹你也是幽默。"

丁小莉甩出一个笑容，笑容轻飘飘贴在那几张乌黑的嘴上。但怨气还是郁结着，她嘀咕一句："吃不死你们几个狗日的。"转身看见老张，老实巴交一张脸，对着自己的背影发呆。丁小莉一时心软，就跟他交了底："明年珊珊就高考了，听说现在大学学费都涨价了。"

老张想要安慰她："读书是大事，我多少可以支持点。"

丁小莉看看他，这个"多少"到底是多少呢。话到嘴边，终究没有说出来。

珊珊带着"苹果化了"在车站边上吃德克士。一人一个脆皮手枪腿，金黄色的脆皮把在手里似乎还在"咔嚓咔嚓"响。草莓雪布蕾却只点了一份，你一勺我一勺分着吃。

"苹果化了"说："这是我第一次来看演唱会呢。"

珊珊说："你以前不是追过 EXO 吗。"

"那是去北京看的，我还没来过省体育馆呢。"

珊珊把还剩的大半个草莓雪布蕾推到"苹果化了"面前："一会儿我们会路过，我指给你看。"

于是，她们两个肩并肩，手牵手，推开德克士的玻璃门，往那个最好的地方去。

体育馆圆头圆脑，像动画片里机器人的脑袋。从车窗看出去，玻璃上的灰叠加在灰色的体育馆上，灰上加灰，显得更脏。

"苹果化了"趴在窗玻璃上，手上的绿丝带就扎到体育馆的圆脑袋上去了。一片灰里面，突然来了一点绿。

珊珊趴在“苹果化了”背上：“就是这里。”

两人高兴地往那边看。

“苹果化了”呵出一口气。窗玻璃上的灰尘与圆头壳的体育馆都褪了色，由灰变白，再变成浅粉色的一大团棉花糖。珊珊的头挨紧“苹果化了”：“好像变魔法。”

她们的手握在一起，并没有太用力。只是像荷叶上凝结的晨露，被风一吹，地心引力一抓，就滚落到了一起，合聚成一颗更大的露珠。稳稳停在荷叶中心，不再随风摇摆。

珊珊要带“苹果化了”回家去。要在那个她诞生起就拥有的空间里，挤出一块小小的空地，给她的好朋友。她暂时忘记了丁小莉，或者她一直觉得，丁小莉也是她的好朋友。

一进家门，珊珊就开了电脑，跟“苹果化了”轮流刷票。比赛的时候，每周开一次投票通道。只要在家，珊珊就熬更守夜给傅覃刷票。从十强赛一直刷到总决赛。那几个月丁小莉给她的伙食费，都被转给傅覃贴吧的财务组用于买物资了。她可以少吃饭，也可以不吃饭。只要能刷出票来。

总决赛结束，暑假也结束了。一整个夏天就这样过去了。到现在，开学一个多月，珊珊每天都像行尸走肉一样。她会在课间和放学后刷刷傅覃贴吧里面的帖子，但是再也不像比赛期间那么热闹了。像一些老粉丝说的那样，每一次新的选秀，他们都会喜欢上新的爱豆。“铁打的选秀，流水的爱豆。”慢慢地，手里攒了一大堆爱豆，自己也老了。

十七岁，珊珊感觉自己开始有点老了。

但她和“苹果化了”挤在电脑前给傅覃刷票的时候，比赛期间的热血又回来了。

配合巡演，“最高人气”投票通道开启了。票数高的粉丝福利就多呗。比如，你家偶像可以多唱几首歌，也可以票选最想听他唱的歌。似乎她们真的可以通过两只手，决定什么，又改变什么。一种模模糊糊的自由。

“苹果化了”说：“我刷票刷得手都要抽筋了，你来换我。”

珊珊就抓过鼠标，一声不吭刷起来。

这个房间就是她们的主战场。从下午到天黑，她们一口水都没有喝，只是坐在电脑前刷票。每投票成功一次，网页都会变红，撒些金色的碎纸片出来，欢天喜地庆贺她们将有的胜利。她们就在金色和红色里手牵手。

珊珊说，演唱会当天，我们并排坐在一起，灯牌头靠头肩并肩，会比所有的灯牌都更亮，更像一支队伍。

“苹果化了”说：“是啊，你再也不是一个人了。”

在丁小莉所处的这个小城里，西南官话对酒鬼的状态分得很细。一个人偏偏倒倒，骂骂咧咧，浑浑噩噩，你看他两眼，可以说他在撒酒疯，在耍酒疯，或者可以说——发酒疯了。

卤肉铺里这两个突然吵起来的男人，是哪一种酒疯，丁小莉斜着眼睛看了一眼，张嘴就骂——又发酒疯！

就像身体里埋了一个不知什么时候会被引爆的炸弹，而引线就是新倒入嘴里的几两酒。坛子里的药酒用苞谷烧做底酒，吸透了药材的猛劲，进到胃里面先是暖腾腾，继而火一样灼热，在周身血管里乱蹿，也就把酒鬼炸出了原形。

这两个酒鬼又在吵些什么呢。

一个说：“哪个鬼二哥喊你去拉一车沙？”

一个答：“你懂个㞞。拉沙不比你拉西瓜好。”

“你懂个㞞。西瓜现在是反季节，人人抢着买。”

“那你卖出几个嘛。你不站起来看看，全城有多少个车皮从海南拉了西瓜来卖！”

“老子喜欢西瓜，老子就是愿意卖西瓜。”

丁小莉在围裙上擦擦手，扭头看着酒坛子下面她刚刚拿的货，一堆“心妍美”化妆品，从粉红色的环保袋里挤出来。这些货又要卖多久才卖得出去。

她问：“西瓜不好卖，那什么水果好卖？”

酒鬼抬头看她：“幺妹，吃饭都成问题，还吃什么水果哟！”

另一个酒鬼接话说：“幺妹，不要听他鬼扯，你跟我去，西瓜不比你卤肉好卖?！”

两个男人像斗鸡一样争抢起来，话题也就转向了丁小莉跟谁走更有前途的问题。像他们平日在这卤肉铺里的每一次吵闹一样，争抢的结果不重要，反正丁小莉还是大家的，但争抢过程中的气势、态度，则显出最近日子混得好不好、好坏到什么程度。

到这种时候，丁小莉往往都煽风点火外加打情骂俏，把酒客拢住，把生意做下去。所以她瞪圆了眼睛嗔道：“哎呀呀，快点带我去。切西瓜哪个不会嘛。”

丁小莉每周给珊珊一百块钱，指定是早餐和夜宵加餐的钱。住校的伙食费，每个学期开头都会交，所以这点钱，变相就是珊珊的零花钱。喜欢上傅覃后，珊珊舍不得用这一百块了。

转账的时候，可以要求钱用在什么地方。珊珊都是指定做灯牌。灯牌，就是写有傅覃的“傅”字，或者其他口号，放了电池可以发光的牌牌。各家粉丝都会争取尽量多的入场名额，还有灯牌数量。比赛现场，灯光一暗下来，全场能看见的只有灯牌。哪家的灯牌最多、最亮，基本就是哪家爱豆最有王者相。各家灯牌颜色不一样，傅覃是绿色，其他家有红色、白色、黄色。所以，就算镜头虚化了背景，看不清灯牌上面的字，但灯光颜色还在一片黑暗中兀自闪动。

每次看到绿光的时候，珊珊知道里面有几块灯牌是她的，她也就知足了。

一般人都以为，红光比绿光更亮、更刺眼，其实，绿光比红光更有穿透力。你知道为什么海水看起来是蓝绿色的吗？阳光照在海面上，一些光反射了，更多的光进到水里面。海水里面有很多我们眼睛看不见的悬浮颗粒，这些颗粒吸收蓝光和绿光，然后散开发射。绿光和蓝光在水里面穿透力最强，散射的机会也就最大。所以，海水看起来是蓝色或者绿色。

就算是人山人海，绿光也都可以穿透他们。

在珊珊住的这个老家属院，也有一盏绿灯。那是温州发廊倒闭后，一楼邻居捡宝贝捡回来的。

跟发廊里的那些粉红色灯管不同，这盏绿灯是个圆形壁灯，也不知道之前被发廊老板装在什么位置，照亮些什么场景什么人。绿灯被一楼邻居捡回来后，装在单元的门洞上。入夜后，远远能看见一点绿，让他们这栋楼在千篇一律的家属宿舍楼里更易辨认。也因为易辨认，这绿灯慢慢成了家属院里的地标，凑在绿光下打牌的人得在天黑前铺好桌子，才能赢得最强的光线。

原本，伍爱国的牌摊都摆在临街的小卖部门口。绿灯成了地标后，他出现在单元门口的概率越来越高了。珊珊也在这一盏绿灯下，慢慢认识了她的父亲。

跟丁小莉相比，珊珊长得更像伍爱国。跟长相相比，遗传更让人心惊的是动作和神态。珊珊有时候远远地逗着流浪猫，装作在发呆，其实是在打量伍爱国。她发现伍爱国也有抓耳朵的习惯。有事没事，手就抓住耳廓，上上下下地搓。搓下来的泥团一团，成个球，随手弹到地上去。

这种时候，珊珊会抬头看看自家窗口的一团漆黑，想着不知在哪张牌桌上奋力拼搏的丁小莉。珊珊觉得，他们还算是和美的一家三口。虽然不住在一个屋檐下，但如此相似，又如此平静。

小日子里，平静往往不持久。人比自己已知的更不受理性控制。比如现在，伍珊不能明白，丁小莉为什么突然发疯，为什么她把自己的好朋友带回家来，让好朋友在这里住几个晚上，就触犯了丁小莉的底线。不对，不是底线，是比底线更严重的什么，以至于丁小莉拱着背一下子跳起来，要把“苹果化了”撵出门去，一如她平时清洗伍珊的书包和球鞋时，总要先喷一次消毒剂，再戴上口罩用力扑打上面的灰尘，自以为这样可以把所有病菌赶尽杀绝，不污染家里的空气。两个女孩则目瞪口呆，像被电击了，立在门框两头。中间杵着一个丁小莉。

“伍珊！那是什么人，你带进这个门！”丁小莉背靠着门，双手在腰后护着锁头，大口喘气，喘得眼睛都要翻白了。

“她是我的朋友。”珊珊低声说。

丁小莉完全听不进话，堵着门的姿势只有一个意思，她休想进来，你也不要想跑出去。你还是不是我女儿，我还是不是你妈——她反复就问这两句话。翻来覆去。最后伍珊只能蹲在地上哭着重复她的话，是的，你是我妈。

这一生中，丁小莉最自豪的事之一，就是伍珊比其他娃娃更早地喊"妈妈"。她无数次地跟邻居、朋友、亲戚和伍珊本人描述那个场景，以至于这声"妈妈"从现实的经验，变成了记忆里越来越坚固、越来越膨大的一个岛屿。岛屿在其他记忆的碎片与板块间滑行，时不时就会被丁小莉捞出来重温，她照料着岛屿上新长出来的植被，调控光线，拔除那些不顺眼的杂草。是啊，一个舞着粉色四肢的小小躯体，发出的第一个音节，是对着她。

珊珊喊她"妈妈"。

至于伍珊呢，还小的时候，听丁小莉说这个细节，或者其他跟伍珊成长过程中的屎尿屁相关的琐碎细节时，还能认真地听着，并觉得甜蜜。但慢慢地，她不太喜欢丁小莉老是对别人说这些她小时候的事。或许伍珊本质上也只是一个听众，听众永远不可能像记忆的宿主那样，对重复收听甘之若饴。再到后来，伍珊更大一些，就开始觉得尴尬了。她觉得丁小莉每这样做一次，她跟丁小莉之间那些不愿意与人分享的事，那些真正的亲密与秘密，就被瓦解一次。大人们总是觉得无所谓，或者他们要的，根本就是瓦解之后再涂抹修改，只为在人前换得一点小小的虚荣和证明。

但是现在，丁小莉第一次，要伍珊亲口跟她确认，确认“妈妈”这个词，这重身份。伍珊也挣扎了一下，一些刚长出来的翎羽，摇摇欲坠从她身上剥落。所以，她蓄着泪的眼看着这屋子和屋子正中的丁小莉时，模糊，更痛着。但最后，她终究蹲到地上去，重复着丁小莉的话——是的，你是我妈。

得到答案后，丁小莉又变成了伍珊的妈妈。她伸手，把一缕头发挽在伍珊耳后，你要乖，听到没得，要乖。

走廊里的声控灯，之前因丁小莉的声音开启，射出白色冷光，现在，黑下来了。门缝不再透光进来，屋子无知无觉，坠回永夜。

“季末，我走了。”“苹果化了”手松开了门，从丁小莉的领地撤离。

伍珊是怎么变成“季末”的呢。“苹果化了”拍着门喊的这个名字，喊出了伍珊大半年来的心事，喊得她眼泪扑簌不受控制。

季末是伍珊在贴吧的ID，全称是“寂寞在季末”。在一个贴吧里遇见、成为朋友的可能，并不比在转动的地球上一对爱侣彼此视线相接的概率更高。毕竟，在这个次元里，平均每天会新建一万个贴吧。平均每天新发两百万个新帖。平均每天有八十位吧主当选，走上他们的工作岗位。

“苹果化了”是“傅覃吧”里一个超人气帖子的楼主。她把直播里有傅覃的地方都截图，然后配上文字说明。比如，“宝宝六点半蹬了一下被子，七点零四分起床了。先去刷牙洗脸，然后洗头（天哪，他每天都洗头）”。吧里的绝大多数人都跟季末一样是学生党，不可能一直守在直播间看爱豆的动态，所以，“苹果化了”有人气，有威望，有吸引力。这些是这个次元里让一个ID居于食物链顶端最珍稀的构成材料。

跟“苹果化了”相比，季末被这个世界吸附的力量，不是来自被千万人点赞的快感，而是严丝合缝嵌进一套机械链条里的归属感。虽然跟吧里无数迷妹一样，季末只是傅覃几百万张票数末尾的一个小写的“1”，但只要你愿意，总能被纳入严格划分任务与领地的战斗群，刷票、灌水、打江山。再小写的“1”，都可以不吃不喝不睡跟着直播一起见证历史的诞生。如果爱得再忘我一些，可以省下一周的早餐钱，捐出一块灯牌，变成傅覃比赛现场穿透人山人海的一束绿光。贡献视觉奇观。

小透明一样的季末，要跟“苹果化了”搭上话，需要一点意外。

那是第一次被爆吧的时候。十强争夺赛。进了十强，她们的爱豆傅覃就可以签经纪约，拍形象 MV，有专业造型。总之，就不是淹在一堆人里面的草根 boy 了。你天天在摄像头后看着他刷牙睡觉打呼噜的一个人，终于出道，振臂一呼，要开始收割全世界最多的爱，没有什么比这更让人激动的了。见证奇迹的时刻。

照旧是直播，不过剧本早就写好。2014 年了，真人秀基本都写剧本，角色性格设定、冲突、矛盾、好人坏人。人需要戏剧感来更快地代入及忘我，如果可以，自带血包在全场统一的爆炸声响起时用力捏爆也不错。

总之，当晚的剧本就是，十五个男生先分成两组，以两支“战队”的形式先对决。第一轮才艺表演后，每一组

“干掉”对方一个人。剩下的十三人各自进行第二轮才艺表演，得分最低的两人直接淘汰。第十名与第十一名再终极PK。

傅覃是第十名。

他穿了件松松垮垮的毛衣，大开领，果绿色。不知道被台里的其他小艺人穿过多少次，旧，袖子长兮兮的。就那么站在舞台正中间。主持人说，现在、立刻、马上，这两个男生终极PK。每个人只给三十秒，清唱。三十秒，有什么意义。好像大家之前一小时四十分钟守着的直播，都很有意义。要结束了嘛，要散了嘛，下一档节目要播了，最后溅点小水花出来。

傅覃倒也没有桀骜不驯到敢完全不尊重游戏规则。他还是唱了，站在临时升起的一个圆形舞台上，一束光打在他脸上。破了音，最后五秒几乎是在吼。有个胖男粉，好几次出现在镜头里面，对着傅覃一直叫叫叫，举起的右手上系一条绿丝带。

总之，最后，可能是，大概是，傅覃唱破了、还在嘶吼的声音里，有什么东西暴露出来了。他也才十九岁，就比季末大两岁。所以季末也盯紧了屏幕。不眨眼。

第十一名，一个比他矮一个脑袋、海选时候一直打亲情牌的小男生，也唱了。嘴角有点不屑。他在不屑这个弱智的游戏？或者不屑唱破音、弱爆了的对手？或者不屑他自己？

然后，那一幕发生了。

两只斗兽，傅覃和第十一名，并肩站在圆形舞台上，舞台开始升高，升得几乎与摇臂摄影机、四大评委的座椅一般高了。露出斗兽场的原貌。主持人喊他们“说两句”。说什么？说这两句就能拉到已经截止的场外投票和早已注定的评委选票吗？傅覃说：“我把晋级名额给他。”他，身边的第十一名。

第十一名几乎以厌恶的眼神看了傅覃一眼。评委和主持人却突然被打了鸡血。“你以为你是谁？”“你知不知道游戏规则是什么？”“你以为可以蔑视这个舞台吗？”“你让，你就是个懦夫。”

现场炸开。似乎这才是大家等了一个晚上的高潮。评委、主持人，使出浑身解数抢戏找机位，要吸住二十几台摄像机，从群戏里脱身而出晋升为光芒四射的主角。两个评委吵着吵着作势大打出手，在镜头里向愚蠢的观众演习冒牌的正义。

季末后来知道，她在屏幕背后看着这一切发生时不能自抑的激动，就是属于他们这一代人的历史现场。

半个小时后，傅覃的吧就被爆了。

前十五名的粉都跑来闹，人山人海。最激动的自然是第十一名的粉。他家偶像只是个孩子，傅覃是个心机鬼。装嗓子痛博同情。让名额抢头条（她们也太天真了，头条有这么容易上吗）。顶撞评委装有性格。引发评委内讧后沉默不语扮无辜。他家爱豆就这么被牺牲了，傅覃罪该万死。

“动不动就说谁该去死，你们自己怎么不去死。”“苹果化了”是这时候出现的。

在QQ群里商量好的、统一复制粘贴到吧里的答复被她破坏了。那个QQ群叫“傅宝宝战斗群”，统一回复是这样的：“谢谢对傅覃的关注。你的建议会是傅覃成长路上的鼓励。欢迎常来吧里坐坐。”

季末也在干复制粘贴的活儿。所以“苹果化了”的激烈言论一出现，QQ群一下就爆了，好多人嚷嚷着要删她的帖。“不能给偶像招黑。”“她疯了吗？”“粉丝犯蠢，偶像买单。”都是些正确但没有力气的废话。

季末点开“苹果化了”的头像，打字：“干得漂亮。支持你。”

很快，“苹果化了”闪动了：“傅宝宝并不需要那么多脑残粉。”

季末说：“你才是真爱粉。”

“苹果化了”却说：“比赛结束后我就会删号消失。”

吧里洪水一样涌进更多的爆吧ID和帖子，冲散了季末与“苹果化了”的对话。发帖与删帖的速度频率并驾齐驱。很久很久之后，“战斗群”复制粘贴统一答复终于排成了整齐的队形。季末擦了擦兴奋得冒油的鼻尖，对着“苹果化了”打出一连串问号，却没有再收到任何回答。

爱是一个决定性瞬间。季末后来觉得，她是在那个爆吧的晚上真正爱上了傅覃（傅覃前所未有地需要她的战斗力，需要她这颗小棋子规规矩矩守秩序随号令冲锋陷阵）。大概也是在那个晚上，“苹果化了”真正进入了她的生活。

“苹果化了”是个什么人呢。整个后半夜，她都没有再出现。之后，她没有被吧主封号，但也没有再参加之后吧里的任何一场战斗。但从那时候开始，季末就不能不注意她了。

那是季末第一次为了傅覃熬通宵。刷着刷着，无形的爱就变成了一个个有形的字节。她在电脑前伸了伸僵直的脖子，有点被自己感动。天快亮的时候，她关了灯，听见丁小莉趿着拖鞋去上厕所。还是舍不得冲马桶，从水龙头“滴答”积水的大盆里舀一瓢水冲了。

季末点开“苹果化了”的发帖记录。“苹果化了”这个账号是新的，只发过一个主帖，就是那个直播帖，也不去其他吧逛。好像这个人，只需要做这一件事。

从小，丁小莉就跟伍珊说，男人靠不住，“垮了裤子要日，拎起裤子就跑”。在她们住的两居室里，从沙发到浴巾，都是些女人喜欢的碎花图案。那些丁小莉接起电话来“死鬼死鬼”地骂的人，一个也没有在伍珊面前出现过。丁小莉大概多少想证明，就算她又卖卤肉又卖“心妍美”，眼珠子一天天黄下去，但养得大伍珊，她还是有点本事的。

伍珊真的大了后，丁小莉发觉有些事开始不受控制。初中毕业，丁小莉给伍珊买了胸罩。第一次戴时，丁小莉站在床前，想指导伍珊怎么把胸部塞进那两片棉布里。丁小莉抱着两只手看，伍珊突然就很生气，请她出去：“丁小莉你能不能让我一个人待着。”丁小莉犹豫了半天才走出房间，好像对伍珊身体上长出这些不受控制的肉坨坨，她更紧张，更受煎熬。

悄悄地，伍珊还是谈过两个男朋友。晚自习后在操场上散步，蜻蜓点水地打个 kiss。男生身上带点汗臭又有点夹生的味道，跟丁小莉身上的味道不同。慢慢地，伍珊不想再跟丁小莉睡一个床了。她一个人躺在房间里，解开胸罩，轻轻捏着一天比一天更高、更软的胸脯。有时候指尖在乳头上逗留很久，茉莉花蕾一样的柔嫩让伍珊突然对这具身体生出一种真正的感情。不同，它们跟丁小莉从洗澡间里冲出来时，吊着的那对又硬又黑的乳头截然不同。

总有点什么，是伍珊不可能让丁小莉知道的。

可能是察觉到这变化，伍珊高二住校后，每个周末回家，丁小莉总是跑来跟她挤。两个人直挺挺躺在蚊帐里面，伍珊比丁小莉长出一大截。

从很多角度看，丁小莉都还有一个好身体。侧面看过去胸部沉甸甸，脖颈和身体相接处也还柔软，以及翘得总是把衣服后摆都夹进去的屁股。但从背后看，多看几眼，就能看出问题来。不是丁小莉的问题，是时间的问题。腰线消失了，原本掐在胸和屁股之间的那把腰，两条凹线变成了两条直线。丁小莉对改写她身体线条的力量又惊又惧，部分关于女人都会有的白日梦一样的虚荣心，更多的则关于生存的压力——来卤肉铺里找她切二两猪耳朵或者肚条下酒的人少了，老了。卖猪肉都卖不出去了，你说焦心不焦心。

伍珊倒是一天天长起来。夏天她穿个背心短裤就在家里晃，屁股后面戳一截卫生巾出来，看得丁小莉毛焦火辣——伍珊简直就是个傻大姐。

这样的此消彼长里，两娘母好像可以一直这么过下去。但终究有些光线，从她们屋子的窗户射了进来，慢慢照清楚两张神色相同又不尽相同的脸。

一天，伍珊准备返校，丁小莉回来了。一进门就把两只高跟鞋踢到地上。“抢钱啊！两场婚礼，一场寿宴，还有场满月酒！老娘一个月的钱就着这些王八蛋吃了！”

“那你不要去吃啊。”伍珊接过丁小莉的手提包。

“都是些熟人，开席后还要帮新娘子挡酒。熟人来了又陪着喝，七八个小时！到麻将都打完了才完！”丁小莉把胸罩往肚子上扯了扯就进卧室去了。

“输了多少嘛。”伍珊怯怯地问。

“你不要给我提这个输字！”丁小莉鬼火戳，扑进卧室去。

还没有一分钟，她又披头散发地跑出来：“珊珊，这个月伙食费我给你没有？”没等伍珊回答，她拎起包包翻啊翻：“你妈养你不容易啊，伍爱国那个狗日的倒是甩手掌柜潇洒得很哪。”

“给了的。”伍珊说。

丁小莉已经抓了一些块把两块花花绿绿的零钱，在茶几上堆成个小山包，“自己加点菜”。

然后她拢了拢头发，自顾自进了卧房。过了一分钟又喊：“来，帮我捶捶背嘛，珊珊。”每次，丁小莉有大事小事相求，就会把伍珊的名字放在最后，两音交迭轻轻唤出来。

先捶右边肩膀，丁小莉右边身子劳损得厉害，肩胛骨明显高出左边一个拳头。伍珊张开手指，把住她的肩膀，拇指沿着肩胛骨一点一点地捏着，也像是抠着她的肉。偶尔用力一下，丁小莉就哼出些暧昧不明的声音来。

抓牌、炒菜、拖地、晾衣，丁小莉的右手总是过度用力。甚至有一次，一个乡下亲戚杀了猪，送来一整只猪后腿，她也是把猪腿甩到右边肩膀上去，歪着身子要去菜市场找屠夫剖开。那只猪后腿太重了，丁小莉双手拽住猪蹄，整个背弓起来，才让猪腿贴在自己身上。然后，深一脚浅一脚在一堆烂菜叶和稀泥塘里往前走。猪腿的油脂就在丁小莉的黑色羽绒服上蹭啊蹭。

伍珊的拇指顺着丁小莉的脊柱一节一节向下，人有多少块骨头呢，牙齿算不算在内。慢慢地，丁小莉的背松下来，肉开始变软，也不再哼唧，像是睡着了。乱蓬蓬的头发后面，两个鼻孔喷出气来，有节奏，缓慢，像猪圈里的猪。

就在伍珊的手已经酸起来，准备出去时，丁小莉说："抓背嘛。"撩起她的衣服，伍珊伸手进去随便挠挠。肉冰凉。胸罩紧紧勒在背上，东一坨西一坨地挤出些多余的肉来。这些不见光的部分，总是格外地白，可是怎么那么凉。

丁小莉第一次叫伍珊帮她挠背的时候，伍珊要趴在床边才够得着。那时候丁小莉总是哄人，说伍珊是从她屁股里面出来的。还说，要不然我肚子上怎么没有伤疤呢。伍珊听见这话总觉得很恐怖，有时候简直就要怕得哭起来。从屁股里出来，那她是什么呢，还是个正常人吗。看见伍珊要哭的样子，丁小莉就像其他时候她乱开玩笑把伍珊要逗哭了一样，说："来，幺儿，妈妈抱。"

最后，伍珊的手无意识地搭在了丁小莉的肩膀上，像个拥抱。两个人的影子映在黑漆漆的墙壁上，慢慢被墙吃进去。

从她们的家走路去卤肉铺，脚程不快不慢的话，需要八分钟。

先下四楼，从邻居堆在楼道上的花盆、竹椅、水桶、拖把中挤出条自己的路来。出了单元门，吸一口新鲜空气，踩着碎石子和泥浆浇出来的小路，路过几栋一模一样的单元楼，走到主路上去。再经过垃圾堆、公共厕所，下个斜坡，就是大马路了。

分割大马路和厂区宿舍的围墙这些年渐渐拆了，修出一排临街的小门面来，租给面馆、米粉铺、小卖部、网吧和烟酒店。这条路东西走向，门面朝南，所以被唤作向阳路。

各家老板有各家老板的熟人，各个人也有各个人的口味。家属院随着厂的衰败一起衰败下去后，失去了公共空间的人，就开始聚到这些门面前的小空地上。不管夏天冬天，都支张小桌子，围出他们以前在车间里面的小团体来，吃喝嬉闹。

卤肉铺在一排门面的尽头。老板姓张，瘦瘦巴巴一个老头。说是老头，其实不过五十出头，只不过人一瘦，皱纹看起来就密，就显老。跟一般卖荤腥的档口老板都被肉味和油烟熏得膘肥体壮满脸油光不同，这个老张总是一张哑黄黯淡的脸。

初来乍到的外人谈起这个特点时，一些晓得内情的人总会提起老张的过往。

“原本卤肉也是他婆娘的手艺，婆娘倒是能干，一下岗就推个车车卖卤肉。味道确实好，两口子也就有个活路。只是后来婆娘跑了。”

“跑，跑去哪里？”

“哎，我不和你说这个。”

“有什么事是说不得的哟。”

“老张是个老实人。”

“老实人看不住婆娘。”

“我不和你说这个。”

“离婚的又不是这一个两个。”

“没得娃娃，婆娘咋个拴得住。”

“是哪个不会生嘛？”

“哎，哎，我不和你说这个。”

丁小莉就像是个天生的补丁，缝在老张的卤肉铺上，堵住少了女主人的漏洞，还增加些新的看头来。大家都是一个厂子里长大的，谁不晓得谁那点事。生意也就这么年复一年做下去。也有人议论老张那点心思，但这种言情小说一样的故事，没什么嚼头，还不如直接喊丁幺妹切二两猪耳朵打一两苞谷烧，嬉嬉笑笑。大家也就没兴趣再编了。

再说了，真正的男主角伍爱国就在那五十米开外。说这些，不好嘛。

从厂里散出来后，大家心照不宣地等待某个新的据点。可以像以前那样把铝饭盒放在一起温热的那种集体情谊。可以家家户户敞着门不害怕秘密传出去的那种清白与坦荡。接受一样的工装，一样的伙食，一样的宿舍，一样生老病死的一生。每个人和每个人都一样所带来的安全感。但是拿钳子拿了一辈子，要换成拿算盘，不是每个人的指头都拨得动那些木头珠子。

伍爱国也打过主意，弄些时兴的玩意儿来聚人气，台球厅啊，音乐茶座啊，这些在几千米外的城区流行的东西，搬到厂区来，却怎么都流行不起来。本砸进去不少，谎扯了很多，但终究没怎么赚到钱。赚到钱的，到头来无非是开洞洞舞厅的——整几个外地的女娃娃来给厂区的光棍“刹火”。或者像老张这样，卖点味道好分量足，还有个丁小莉站柜台的猪耳朵。

慢慢，伍爱国也想明白了，这群狗日的没文化没素质没未来，只能靠点小舒服大舒服打发时日。于是在街边摆个棋牌摊，在城管眼皮底下半明半暗地开起赌档来。

捞偏门也不是人人都干得了的，除了不怕死、想发财的一颗心，还要八字够硬，撑得起偏门的命格。伍爱国估计还是八字太轻。摊摊被砸过，腿被打断过，赚进来的钱赔出去。骗人骗久了，也被更大头的人骗过。所以，丁小莉眼泪汪汪跟他说，珊珊大学的学费在哪里，你要看她在这个烂泥塘里拱一辈子吗？他确实恨起自己来。

当初为了一人占一套房子，跟丁小莉扯了离婚证。没想到证一扯，两人的关系也慢慢扯远了。各自有了几个男女朋友后，关系就变得不咸不淡，不暗不明。珊珊还是喊他“爸爸”，但总是远远看着，不敢亲近。日子也就这样一天天过下去，土开始埋上来。

但他不想珊珊被这土埋住。

去广西拉水果回来卖，是伍爱国考虑来考虑去选定的新门路。国庆一过，北风一吹，人就盼着过年了。拉点热带水果，想个名目，讨点口彩。到过年前，怎么也能赚到点钱。也许就是丁小莉说的那样，伍爱国，两万块钱你死也要给我死出来。死是死不去，但钱要挣回来。毕竟，钱生钱，是不是？丁小莉从包包里掏出来的那五张毛爷爷，热乎乎带着卤肉铺的财气，可能是个好兆头。

珊珊并不知道，自己是丁小莉和伍爱国赚钱大计的主人公。

“苹果化了”的帖子停止更新后，变身成季末的珊珊继续在 QQ 上跟她聊天。慢慢地，“苹果化了”这个 ID 开始长出人的形状来，带着气息和血肉。比如，珊珊现在已经可以说出，“苹果化了”高中读完没有参加高考。家里有钱，不想让她工作。她住在离季末家三小时路程的一个县级市。这些，大概就是了解。

偶尔她们也视频。一次，“苹果化了”一边视频一边吃东西，说是她们当地特产的花生酥。她喜欢吃甜的，“心情不好的时候吃点甜的就好了”。

她对着摄像头剥开一颗花生酥：“你看，这个花生酥好白。只是甜，没得什么用，又甜又白又香又脆，才是好的花生酥。”季末的舌头在嘴巴里面转了好几圈，像是要尝出“苹果化了”讲的这几个字来。

但是，从认识到了解，两个人怎么才算成了朋友呢，大部分人会说，有共同话题。吧里那么多人都是傅覃的迷妹，一样的爱憎，差不多的年纪，但季末并没有跟她们中的谁成为真正的朋友。你又要补充说，还得两个人之间有点不同。什么不同呢。季末知道，决定她和“苹果化了”关系的，是些实实在在的东西。“苹果化了”过的是季末的理想人生。跟季末比起来，她好像已经想过了很多事，也做过了很多决定。所以，删号消失这种在季末看来无比震撼的行为，在“苹果化了”身上，只是诸多平平无奇的事之一。女生之间的爱慕，大都由羡慕而生喜欢，喜欢而生友爱。要很多很多的友爱，才能结出一点爱。

“苹果化了”总是说，如果你以为拿着手幅就可以当一个合格的粉，那真是太天真了。爱豆需要什么，爱。你懂不懂什么是爱。

季末有些惶恐。为了显出自己的成熟，她装作跟“苹果化了”一样懂。那些跟男生在操场上散的步、打的kiss，都淡成爱的前奏或背景。现在她们爱的是一个永远也得不到的人，纯粹得简直悲壮。尤其当她趴在傅覃的海报上，一次次把嘴唇贴上覆了膜的硬纸时，比海报更硬的墙壁都感受到了她的渴求与热望，把凹凸不平的表面狠狠印在那两瓣柔软上。

对傅覃的爱原本已经饱和，不可能分得出再匀些给“苹果化了”。但巧也好，什么也好，她们一起作了点坏，黑色种子埋下后像魔豆一样长得飞快，也就长出些真感情来。

那时，比赛已近尾声，吧里的战斗主题，从刷票、站队、买粉，变成了租广告位、做服装、买演唱会票。要在万人体育馆租广告位、挂大标语、搭气球拱桥，只收集粉丝的时间没什么用，还要吸纳钱，很多钱。吧务在群里一遍遍号召捐款。季末每周转五十块钱捐一块灯牌的常规动作，开始变得没有价值。“苹果化了”退了群，又被黑得伤了心，抱起手看热闹不说，还冷言冷语讽刺这些捐钱的人是猪脑壳。

“你捐了那么多块灯牌，到底哪一块才是你的嘛。”她对季末说。

“哪一块？总有一块是我的啊。”季末懵懵懂懂。

“你怎么确定你捐的钱真的都变成了灯牌呢。”“苹果化了”对着摄像头喝了一口饮料。

季末起了疑。起了疑，这个游戏就有点不好玩了。想了半天，她在 QQ 上敲打财务组的一个头像，说要看账。财务组的人批评她，都什么时候了，不去想办法筹钱，还在浪费时间搞这些小动作。说急了话就有点狠，什么大家都是为了傅覃才组织在一起战斗，如果没有信任和牺牲就不配在队伍里。“你这种心理阴暗的人还有什么资格说爱傅覃。”

季末哪里受过这种打击。稍微质疑组织的管理运行，就被威胁丧失了对组织的忠贞要将她一脚踢出去。她对着摄像头哭，说要认错重回队伍。“苹果化了”安慰说，她早就晓得这些，所以根本不跟她们搅和在一起。铁打的选秀，流水的爱豆。她以前粉过好几个爱豆，到后来粉丝群里打得翻天覆地，不是为钱，就是为权。

“但这些猪日的也太嚣张了。”说着说着，她真的生起气来，让季末把自己捐灯牌的转账记录全部截屏给她。

新仇旧恨，“苹果化了”注册了新 ID 杀回傅覃吧，搅得比爆吧还天翻地覆。原来被人恨也会带来快乐。跟“苹果化了”并肩作战，季末突然有了点存在感。不是一个小写的“l”嵌在链条里的存在感，是一个跳脱出来的螺丝旋转跳跃劈开空气，哪吒三太子搅起东海巨浪的快感。

后来，“苹果化了”跟她说，这个世界就是这么挨球，没必要总是让哪个满意。很多时候，你威胁威胁，给他们难堪，他们才会学乖。日哦。

她还说，只是乖，没得用。有时候乖有时候不乖，才有点用。

高三的时候，“苹果化了”的成绩也是上不去。她妈妈有一天就揪起她，要去一个县里拜文庙。她爸爸妈妈是做大生意的，什么大生意不清楚。总之，她家有钱，又只有她一个娃娃。这天她妈妈喊司机开车，带起她们两娘母大清早就出发去文庙。出门前她妈妈硬是要她穿校服，说是“在先师面前，有个学生样”。两娘母又吵了几句。校服那么丑。

拜文庙，就是拜孔子。这个文庙的孔子像是站着的，还有一个特别大的神位。她们就拜啊拜。后来，她妈妈在庙的院子里面看了很久，发现有好多皇帝写的牌匾。一个一个在那儿认，认出一个就喊她女儿去拜一个。这个是康熙，那个是乾隆，还有嘉庆道光咸丰同治光绪。累了，两娘母坐在一个照壁前面，妈妈给她剥桔子吃。那照壁上雕着些鱼跃龙门之类的图案。妈妈就说，由鱼成龙，才是人生光辉顶点。喊她看庙的琉璃瓦，上面几条龙张牙舞爪，说那才是好生活。

"苹果化了"把橘子一瓣一瓣吃了，又接过妈妈塞过来的盐水花生，突然就说，她不想再读书了。妈妈像是没有听见一样，继续往她手里塞更多的盐水花生。她把花生甩在地上，重复了几遍，就是不想再读书了。妈妈突然说了句奇怪的话，她说——你怎么好意思？

季末问"苹果化了"："那后来呢。"

后来，"苹果化了"说："她能怎么样。她是我妈，但我也是她女儿啊。什么叫态度很好但不服从，什么叫气得她手板心痒又打不下手。你懂不懂。"

季末说："你怎么这么厉害呢。"

"苹果化了"说："哟，崇拜我不。等着，我请你去看傅覃的演唱会。"

所以看演唱会是大日子，"苹果化了"来见季末的这一天，也是大日子。但看看丁小莉，脏兮兮、油叽叽的袖套，被新来的小年轻理发师骗了染得像狗啃过的头发颜色，还有说话时永远准备马上坐地撒泼的凶悍。伍珊觉得丢脸丢尽了，恨意也没有预兆地拔地而起，长出一堵墙亘在两娘母之间。

“你给我送客，马上。”丁小莉话锋凶得口水都杀出来挂在嘴皮上。

伍珊说：“可是妈妈，她是我的亲人啊。”

丁小莉说：“亲，你们有血缘关系啊？你们朝夕相处过啊？她父母叫什么名字，你说得出来吗？家里面做什么的，你清楚吗？我看你是脑壳进水。”

然后突然就扑上来，要没收伍珊的手机。伍珊抓着手机跟丁小莉扭来扭去，嘟囔着：“手机是我的。”

丁小莉突然大声说：“伍珊，你从头到脚哪样不是老子挣钱买给你的。你脱，你敢脱。你脱光了你这从皮到肉也是老娘日出来的。”

“苹果化了”不晓得要不要把两娘母拉开，就绞着手站着。客厅的吊灯三个灯球早就坏了两个，现在那一个好的灯球就斜着眼睛看两娘母。看她们怎么收场。

“苹果化了”突然说：“阿姨，其实我不是要在这里住。我只是过来看季末的。”

丁小莉仰着脖子，眼睛恶狠狠地扫射着她们两个：“季末，季末是哪个？”

半晌，伍珊怯怯地说了声：“是我。”

丁小莉大声高气地说：“带陌生人回来不说，连名字也要改了？”

伍珊脱了一半的毛衣勒在胸脯上，像要把她勒死。

这件毛衣勒得住她，完全不是因为她的胸部已经膨胀过度，而是因为，这是件她小学六年级时丁小莉打的毛衣。丁小莉从图案书里选了几朵云和一只猫在一起的图案，打了给伍珊的最后一件毛衣。后来她的心思就跑到麻将上去了。棒针戳得再多，也只是变出一件毛衣。摸牌摸得技术，变出的票子可是多多了。总之，这件毛衣松松垮垮在伍珊身上挂了好多年，变得像针织衫一样僵硬，去年开始终于合身了，现在却要箍死伍珊。她没说话，只是慢慢把毛衣拉下来。

丁小莉并不是一个打毛衣的好手。她只是喜欢提起装着毛线和棒针的兜兜，跟其他妇女坐在一起说闲话。她们中手艺好的人，总是格外得到赞美。而丁小莉有时候连起针都要靠那些手艺好的人来帮忙。起好了头，她就顺着一排一排往下打。打不下去了，再找人改针。所以，伍珊的毛衣里面总是很多线头和疙瘩，穿的时间久了，就磨出一个一个的洞洞。

连毛衣都打不好的丁小莉，跟伍珊一样，是个普通得不能再普通的人。想到这些，伍珊服了点软："季末只是我的网名。"

但丁小莉似乎并不领情："你父母不管你们啊？你好意思啊？他们好意思啊？"回身把手机砸到沙发上，再对着"苹果化了"说："跑到一个陌生人家里头，把你拐了卖了杀了，不怕死啊？"

伍珊扯她的袖套："妈妈，你在讲什么。"

丁小莉用力把伍珊的手甩开："你有什么资格说话。"

"她是我的朋友。"

"朋友，你懂什么是朋友，你有什么资格交朋友。"

屋子像被按了消音键一样静，只有卫生间里的水龙头"滴答滴答"继续把不带动水表转动的水滴到塑料大盆里。虽然手臂上的肉被丁小莉扯得生疼，但伍珊的身子不由自主地歪向河对岸的那一边。

"苹果化了"冷冷地说:"用不着说这些，我听得懂话。但是阿姨，季末要是跟我走，那就是她的自由了。"

突然，门"砰砰砰砰"地响起来。

"丁姨妈，丁姨妈，收管理费的人到楼下喽，你快点关灯啊。"不晓得是隔壁杨姨妈还是陈婆婆的声音。

丁小莉对着门应了声"晓得了"，反手关了灯。

独眼灯泡一下就熄了，乌漆墨黑里，三个人六只眼，争夺着不多的光，那些不远处新修的楼盘里亮着灯的家庭里蔓延过来的生机。

丁小莉揪着伍珊的手慢慢松开了。黑暗中，另一只手牵住了伍珊。不出声，她们就静静握着手。楼道里"噼噼啪啪"交错着脚步声，好几只手拍门，砰砰砰，砰砰砰，砰！砰！砰！最后几乎是脚在踹了。拍了半天没反应，门外那人骂了句:"日你妈的穷逼。"

丁小莉从鼻子里哼出一股气。

灯再度亮起来时，沙发上，"苹果化了"仍静静握着季末的手，只是看起来倦极了。只有丁小莉，像充饱了电，直挺挺站着，并没有忘记她的战役。

接下来的十几分钟，或者更长的时间，丁小莉扭动身体，调动全部嗓音，只做了一件事，就是让伍珊承认，她是她妈妈。

两娘母都装作睡着了，喷出轻而浅的呼吸。月光却毫不留情，直直照亮两个背靠背的身体上大大睁开的两双眼。丁小莉的眼角吸进了月光，显出一条条深灰的纹路来。像哪支毛笔，墨半干时在纸上皴出阴阳向背的笔法。她的眼珠定住不动，像是看见了窗户外摇曳树影背后更深更黑的景象，专注到透出一点淡淡的悲哀来。伍珊的眼珠子则转得很快，还没有从刚刚结束的闹剧中平静下来，要一条一条从左到右数清楚衣柜上的木纹，才认得清这个家。

揣着心事的两个身体变得重起来，压得床变了形，就要转动起来，把两人拖拽进黑漆漆恐惧的世界。两人却心照不宣地不翻身，僵直了身体，要独自面对这恐怖。

单是带陌生人回来，丁小莉怎么至于像扯母猪疯一样发狂呢。伍珊觉得，丁小莉这么生气，肯定是她做的事被发现了。

好几件吧。

丁小莉最有可能生气的一件，大概是伍珊偷偷给她在

“真爱无限”婚恋网上注册了一个账号。倒不是伍珊想有个后爹，只是觉得丁小莉有时候太烦了，天天把自己当囚犯一样，什么都要听她的。要是丁小莉有个爱人，真正的爱人，起码，注意力就会放点在别人身上吧。或者说，伍珊还是希望丁小莉可以幸福的。

反正，伍珊就注册了一个账号，传了几张丁小莉的照片上去。把脸P小，腰P细，眼睛P亮。一句话简介写的是“丰满娇俏”。伍珊逐个逐个看那些求偶对象发来的私信。基本都是骗子。把那些“情书”复制粘贴再一搜索，好多都是重复、抄袭的。要么就说“请关注我”，然后给你一个淘宝链接。偶尔也有一两个人感觉是真的在找对象，但条件又太差了。

“真爱无限”婚恋网有它的规矩，如果你肯花钱，它就可以给你提供符合你条件的对象，但是伍珊没有钱，所以给丁小莉送花、发情书的很少，过滤一下垃圾信息后几乎就没有了。丁小莉的头像，伍珊倒是一直没有换过，是一张她PS了两个多小时的半身像。但不是P得特别假的那种，如果有熟人在那个网站上看到了，肯定一眼能认出来这就是丁幺妹，丁小莉。

伍珊把丁小莉挂在网上，想要将她一把推出去这件事，确实可能会激怒她吧。

还有一件就是成绩下滑。伍珊把饭钱省给傅覃买灯牌，把时间也省给傅覃刷票，也就没有什么心思看书了。班上有些女生，有种特别功利的“战斗法”，就是喜欢一个成绩特别好的男生，还要是同班的。你看到他时时刻刻都在做题、跟老师交流，你也不好意思睡觉或者看漫画了。起码要让他觉得你跟他是一类人吧。这样逼自己，成绩会上去。但伍珊就是不喜欢身边的男生。幼稚。上不得台面。

她最迷傅覃的时候到什么程度呢。她的手机屏保是傅覃的一张照片，背景是虚化的候机大厅，傅覃穿着牛仔布衬衫背着黑色双肩包，冲着她走过来。因为一直戳手机看这张照片，两节课还没上完，她的手机就没电了。

班主任跟伍珊谈了两次成绩下滑的事，但伍珊也没有办法。老师在年轻的时候也爱上过别人吧？那种注定得不到的爱，他如果也经历过，就知道有多痛苦。白惨惨的日光灯下，老师只是说——伍珊，你这样下去，很难考得上大学了。

这话虽然听起来让人害怕，但伍珊听着很麻木，只是晓得，考不上大学，大概是丁小莉最怕的事。丁小莉经常在她耳边念，考上大学，就有个好出路。虽然这出路指向哪里，丁小莉也并不清楚。比如，考大学，那选个什么专业呢？毕业之后，要不要读研究生呢？或者，找什么样的工作呢？丁小莉统统不知道。对她来说，只要考上大学，似乎就拿到了另一个好世界的准入证。人生会有更好的前景与保证。所以，丁小莉从伍珊小时候起就督促她学习，守着她做作业，也不管她算出来的结果是不是都是错的，或者写的作文根本就不符合高分作文“三段式”的标准。只要伍珊乖乖坐在书桌前，把脑袋埋在书本里面，手里拿着笔抄啊写的，丁小莉就安心了。

什么都在变。厂子会垮，工人会下岗。但丁小莉不晓得从哪里生成的坚定信念，觉得读了大学的人，多少能掌握一点不被变化冲垮的技能。

幸运或不幸的是，伍珊确实是个乖娃娃，她遵从丁小莉给她的安排和设定。但她也并没有一副超过自己父母的聪明头脑，或者坚定意志，或者任何可以让她可以从这个家庭与环境里破壁而出的天赋。

但总有些缝隙。比如这场从夏天开始的真人秀，可以让她坐在电脑前就进入一个新世界。新世界跟伍珊睁着眼睛盯着看的这个家不同。里面有绝对的权威，有热忱的信仰，有严格制定及被履行的规则。有理想。

有为了这理想的一切而战斗的，真正的朋友。

像一场迷梦。但“苹果化了”从QQ头像变成一个车站人流中走向她的身影，带上温度与热度后，就不再是一场梦了。那么热切地，伍珊要抓住新世界里透出来的光。跟楼下那点绿光照亮的面孔不同，这光所行之处，照亮的是全然的未知。

丁小莉把伍珊的头发挽到耳后，一遍遍跟她说——你要乖，听到没有，要乖。伍珊想要满足她，但这次不同于往常，身体里有另一个声音在指令她——跟我走。

第二天早上，伍珊说不想回学校，丁小莉居然同意了。但是丁小莉出门的时候，钥匙比平时多转了两圈。

发现被反锁在家后，伍珊在QQ上猛敲“苹果化了”的头像。“苹果化了”说她并没有生气，还问：“你妈妈还好吗？”她离开后，在附近的宾馆住下。演唱会就在后天。然后她安慰季末说，我下午就过来，想想办法。

以前，忘记带钥匙而丁小莉又不在家的那些时候，伍珊会从走廊的防护栏钻进来。两只手臂举起来，身体变成一条直线，重力就把她往下拉，脚会“扑通”一声踩到卫生间外的小平台。从卫生间窗户钻进来，就是家了。试过很多次，除了手臂被水泥护栏刮擦会有一点疼，门不能挡住她的感觉真是太好了。直到初中的某一天，她越长越宽的胯骨再也挤不过护栏，这个办法就此失灵。要走进家，只剩了用钥匙开门一个办法。

“苹果化了”背着书包，提着两个油饼，在楼下喊“季末季末”。阴沉沉的天里面浮起一张白圆脸。钥匙砸在她边上，她蹲下去捡，然后仰脸笑了笑，笑容把阴天像水波一样推开。伍珊也笑了笑。

油饼捂在塑料袋里，水蒸气把酥皮都回潮了。变软了的酥皮咬起来要用扯，吃得她们张牙舞爪的。“苹果化了”又从书包里拿出两瓶爆果汽水来，拧开瓶盖，递一瓶给伍珊。伍珊接过瓶子，两人碰了下瓶子，像是在庆贺。从组织中脱离出来后，她们就变成了两粒游弋的电子。背景还是绿色的一片海，但两个人游来游去、追逐嬉戏，那些曾经天大的事，就化成了这个小世界里的沟回、水草和珊瑚礁，只是她们欢乐的见证。

两人并排躺在床上，玩着对方的头发。“苹果化了”突然说：“诶，你有没有想过跟傅覃怎么样呢。”

伍珊说：“你说怎么样是什么意思呢。”

“苹果化了”顿了顿说：“打 kiss 啊。”

伍珊心里面想过一百遍一万遍，但又觉得，好像傅覃不该出现在这一个真的能摸得到的次元里面。他应该在一个不会有人反锁他的地方。于是，她什么也没说。

“苹果化了”侧转身，把两片唇轻轻贴上她的嘴唇。

跟男生的嘴唇不同，“苹果化了”的嘴唇软得像奶油。跟男生的吻也不同，伍珊从没觉得这么轻松过。甚至，你不能用“吻”这个字来定义这个动作。两人谁也没有动，呼吸又轻又暖地围住四片唇，以及谁也走不进来的水域。除了她们，这里还有谁能进来呢。

伍珊于是紧紧抱住“苹果化了”，像是永远也不会松开。

伍爱国什么时候进来的，她们并没有听见响动。直到他刻意地咳嗽一声。他瞟一眼“苹果化了”：“珊珊，今天没得课啊？”没等回答就问：“丁小莉呢？”

伍珊坐了起来，看着伍爱国，再转头看看惊惶的“苹果化了”：“你找她做什么？”

伍爱国不言语，钻进丁小莉的房间，把抽屉和衣柜门拉得“砰砰”响。伍珊跟进去，声音高了些——你在找什么？

伍爱国不理她。伍珊厉声说：“你再不讲，我就要打电话了。”

“大人的事你不懂。”伍爱国继续翻箱倒柜。

伍珊晓得丁小莉和伍爱国虽然早早离了婚，但还裹来裹去像对配种的猪，但没想到伍爱国会背着老婆跑到这个屋子里来。

平素伍珊见到他，都是在马路边的棋牌摊上。伍爱国躬身坐在小板凳上，手里一把牌一抓就是一天。打“拱猪”时间是长，但也不至于长得像伍爱国屁股粘在凳子上的时间那么长。一度，她怀疑伍爱国是棋牌摊老板的角子，合起来诈那些更猪脑壳的人的钱。

有那么几次，伍珊路过，伍爱国又刚好不怎么投入时，就龇牙咧嘴笑起来，跟旁边人说，“我姑娘，漂亮不漂亮。漂亮哇，也不看看她爹是哪个”。伍珊急急的步子会慢下来，想听这张嘴再说点跟自己有关的话出来。但他又扑回牌桌去了：“看看哪个要变猪！”

但现在，伍爱国闯进屋子里来，把抽屉和衣柜门拉得“啪啪”响，显露出他跟丁小莉的关系显然比伍珊所知道的多得多。而他脸上的神色，紧张的背影，透出来的凶猛与力气，则第一次让伍珊感到恐惧。这个男人到底是谁。如果不是已知他是她的爸爸，那现在她是不是该尖叫起来，并冲出门去喊邻居报警。

伍珊不可能知道，看起来凶神恶煞的伍爱国，正为了筹两万块钱受折磨。伍爱国也不可能告诉她，他连两万块钱也搞不定，现在火烧眉毛了。

伍珊的尖叫让伍爱国吓了一大跳，他猛地转身看着这个长得很像自己的少女。哆嗦了一下，弓着背逃出门去，嘴里嘟囔着些不清不楚的脏话，大抵都在问候丁小莉的生殖器。他的背影又瘦又黑，像露出颤巍巍睾丸的一只老狗。

伍珊回转身，把头埋在“苹果化了”的怀里，身体像被电击一样不能抑制地麻木并颤抖。她闭上眼，眼睛淌血一样地流下泪来。

“苹果化了”提起伍珊的书包——我们走。

伍珊犹豫了很久，把书包拽到地上——他是我爸爸。

老张这天有点不寻常。平时天一亮，他就起身洗漱，骑着摩托去农贸市场买一天要用的肉料。以前都是固定从一家肉档拿货，但这两年猪越来越不行，说是五花肉，一煮熟皮子和肉就散了架，都是些不知道吃什么饲料长出来的猪，所以他也变成每天早上在市场里面挑挑拣拣，选出些猪尾巴、猪耳朵、猪舌头和下水来。这样一来，在市场里起码就要一两个小时。等他带着货回到店里，把猪毛拔干净收拾停当，就已经快九点了。一般这时候，他会把门面拉开，泡一缸茶，慢慢呷几口，等丁小莉来上工，帮他把这些猪零件煮到卤水大锅里去。

这天，九点已经过了，卤肉铺的卷帘门却还一直没有“哗啦”一声拉起来。丁小莉走到门口愣了一愣，透过卷帘门上一个年久失修的小洞往里打望。只见黑漆漆的店铺里，老张靠在沙发上，两条腿撇开，有气无力的模样。丁小莉心里一惊，继而对着那两条腿唤起来，老张老张。声音不高不低，高了怕四邻听见起疑，要真是出了点什么事，就麻烦。低了呢，又怕那两条腿的主人听不见。急得丁小莉攥着手攥出一团汗来，只好往屁股上擦。圆鼓鼓的屁股也紧张地绷紧了。

老张听见声音，趿拉着一双布鞋站起来，躬身拉起卷帘门。可也不见他用力，只拉起半扇，就停下来了。

“这是怎么了？”丁小莉瞪大眼睛。

“唉。”老张只是叹气。

丁小莉弯腰，有点吃力地钻进去：“到底怎么了？”

老张不作声，转身把卷帘门又拉下去了。

“老张，有什么你还不好意思跟我说吗？”丁小莉坐去沙发一头，并拢两腿打量他。

“鬼迷心窍。”老张还是支支吾吾。

“你到底说还是不说。”丁小莉吼他。

老张清了清嗓子里的痰，点根烟，这才慢慢说起来。

昨天收档后，老张照旧给自己煮了碗猪油面，再把没卖完的肉收拾停当，起身去他们哥儿几个常去的麻将室。老张牌技一般，酒量就更差，去麻将室纯粹是他口中念叨的“混日子”，打发单身汉无所事事的漫长夜晚。跟丁小莉不同，他从来不指望靠打麻将赢钱，所以这天桌上坐的其他三个人，也是老相识。以前都是一个车间或者隔壁车间的老同事，这么多年混下来，不是兄弟也成了兄弟。五角钱一炮的麻将，打到半夜或者天光，最多也无非是输个百把块钱，“娱乐健身”。

麻将室简陋至极，当街的那面墙上安了几扇镶着蓝色玻璃的滑动门，半开着，一道厚厚的门帘遮挡路人的视线。一进一出两个房间，摆着七八张麻将桌。机麻，或者原始麻将，价格不同，丰俭由人。老张他们坐的是机麻桌。虽然不是什么大老板，但多少手上还是有几个余钱，不跟那些三餐都要发愁的人一个档次。四个男人，在惨白的日光灯下搓着手，搓点手气出来。

庄家伸手按了按嵌在桌面玻璃盅里的电动骰子，按出一对点数，就数牌摸牌，砌起“江山”来。

就在骰子“沙啦沙啦”在玻璃盅里撞来撞去时，伍爱国掀开门帘走了进来。他平时也来麻将室，一般都是叼着烟、抱着手，跟老哥子们磨嘴皮。但今天他一进来，话也不多说就拖了张凳子坐在牌桌边上。

“左老五赖账了。”伍爱国缓缓说出这么一句。

一桌四个人都转头看他。什么意思哟，左老五他天天催别人的账，他赖哪个。

伍爱国温吞了半天才开口，但一说起来，四个人都猛地停下来了。“小额贷嘛，我刚才去提款，他说没得钱给我。开发商拿不出钱，车子都卖了。”

“伍爱国，当初你喊我们入股的时候，不是口口声声说稳赚不赔吗？”

“你们确实也赚到了啊，两成利，你放在银行里咋可能有这个收成。”伍爱国的目光在四张脸上转来转去。

“我本都还没回啊！”四个男人嘟囔着计算前后给左老五的钱，一万两万，加起来都不是小数目。

“我还不是给了他两万！”伍爱国也生起气来。

“他不可能赖账吧，那么大个门面开着，喊他把门面卖了抵。”老张说。

“你去看看，他那个门面，有多少人在催账。”伍爱国扫老张一眼，“要么我们也去闹他一闹，说不定他就把钱吐出来了。”

两个男人站起来就要去，另外两个则说：“不忙，伍爱国，你要我们怎么信你？”

“你们不用信我嘛，自己去看看不就晓得了。”

“我们去闹了，钱更拿不回来了，你负责啊？”

他们生在厂子里，长在厂子里，老在厂子里，几乎就是一辈子了。厂是大建制，人是螺丝钉。螺丝钉转啊转，学得最地道的，不一定是手艺，反而是相信和服从。比如，你捏紧手里的钳子，转啊转，转成了八级钳工，你就成为社会主义现代化建设的一部分，就拥有尊严、骄傲与价值。把成千上万名钳工串联起来的系统，会为你的人生负责，给你终极的答案。所以不用担心，切切地相信，系统会让所有人各就各位，给出他们的运行规则。没有人闹。怎么闹？闹了之后要什么？要了之后怎么办？

所以现在，伍爱国想煽动他们去跟左老五闹，他们的反应不是撸起袖子站起来，提着板凳冲出去，而是齐声痛骂伍爱国——你这个狗日的，还不是你害我们把钱投进去了！

“哎哟！我还成罪人了啊？”伍爱国缩在板凳上。

几个拳头作势就要砸在他身上。

老张犹豫着要不要劝，但伍爱国那副嘴脸着实讨厌。他只好来了这么一句：“哎呀呀，打狗也要看主人哪。”

伍爱国原本瑟瑟缩缩等着挨打，但老张这句话惹毛了他：“屌都没得，你说个屁！”

麻将室其他桌的人“哧哧”笑出声来，像要看这两个男人比画比画，看看到底哪一个才是真的没有屌。

这世上的事情就是这么奇怪。老张没有种，婆娘生不出娃娃，婆娘跟人跑路了，这些都是公开的秘密。但公开的秘密一旦被某张嘴巴说出来，就从原本人人当成看不见的、雾气弥漫的暧昧水域游了出来，变成了高光灯强行照亮的焦点。

老张大概使出了吃奶的力气，想要把麻将桌掀翻。机麻的麻将桌哪里随随便便掀得动，他猫下腰，搬了半天搬不动，连空气都尴尬起来。他只好走到旁边桌，跟那桌的四个麻客大眼瞪小眼，也没敢掀人家的桌子。最后走去过道，拎起一个暖水瓶，砸在了地上。暖水瓶砸碎溅出来的开水，让一屋子人惊叫唤[1]，这才闹哄哄算收了场。

伍爱国呢？在麻客的尖叫声和一屋子的乌烟瘴气里，不知什么时候悄悄走了。

丁小莉的日子不好过。开导完老张，说了一通伍爱国的坏话后，她回到了家。

临走前，老张跟她打包票，幺妹，没得事，小额贷蚀

1 惊叫唤，西南地区方言，同“惊叫”。

本了，我还可以给你点别的钱。最重要还是珊珊读书。

丁小莉没有出声，只是收拾了柜台下面的“心妍美”化妆品，跟老张淡淡说一句：“我晚点再来。”

头一天，她把珊珊反锁在家里。珊珊表现也还好，等她下了工回到家，珊珊正趴在电脑前玩游戏。丁小莉看了两眼，照旧进厨房去做晚饭，觉得风波已经过去。

珊珊只字不提伍爱国闯进屋来翻箱倒柜的事，大概怕一说出来，“苹果化了”的事就要暴露。所以这个晚上，像之前所有的晚上那样，丁小莉做了两菜一汤，两娘母坐在沙发上对着茶几和电视机，一边吃饭一边看电视，就把这个夜晚打发过去了。

电视照旧定格在丁小莉喜欢的电视剧频道，一出古装剧。贴身丫鬟跟主子献计，汇报游园会将有的场面与妃嫔的“战况”。主子半躺在榻上，斜倚着绸缎软枕，妆容一丝不苟。丁小莉一边收拾碗筷进厨房，一边回头恋恋不舍地看了一眼电视。她从不让珊珊做家务，怕耽误她的学习。这个家的运转，也是全部以珊珊为中心。说是个家，其实不外乎丁小莉和伍珊两个人。

“你的初恋是哪个？”珊珊居然跟着丁小莉走到了厨房，

她倚着厨房门，问出这么一句。

“我哪里还记得。”丁小莉抓住一个盘子的边沿，百洁布擦洗的动作用力了几分。

“初恋怎么会记不得。”

“反正不是伍爱国。”负气一般，丁小莉吐出半句话。

“妈妈，你要跟我说实话。”

“这就是实话啊。你问这些做什么？”

“你能不能认真回答我的问题。”

“这种事有什么好认真的。”丁小莉甩了甩手上的水滴，突然警惕起来，“你谈恋爱了啊？”

“没有啊。”珊珊语气轻飘飘的。

“莫名其妙说这些干什么，你作业做完了？”

“那你是不是最喜欢伍爱国呢？”

“我吃多了啊？”丁小莉用抹布细细擦着台面。

但是伍珊今天不打算让这个话题轻轻松松溜过去：“那你为什么还要让他来家里？”

丁小莉眨巴眨巴眼，在想怎么应对女儿咄咄逼人的一句话：“他没有到家里来啊。”

“我都知道。”

丁小莉还想继续扯谎和敷衍了事，伍珊在她眼中还是个小娃娃，或者永远都是小娃娃。一个小娃娃懂什么。或者，一个小娃娃需要知道这些吗？于是她说："你不要乱想。"

"你有没有想过，有一天我会离开这个家。到时你怎么办？"伍珊问她。

"到时候把我一撮土埋了呗。"丁小莉像是赌气，却突然带了哭腔。她不习惯向这个世界示弱，伍珊再怎么也是这世界的一部分。还是连脐带血、需要她保护的一部分。但是你看看这个倚在门框上的身体，已经比她高出了一头，从头发到脚尖，是一个大人的身体了。

"妈妈……"伍珊张开了嘴巴，想了许多的话，终究一句也没有说出来。

客厅里的电视还在"嗡嗡嗡"地挤出些音乐和对白，一点一点渗进屋子里，涂满整个空间，爬上她们的皮肤，填平纹理，让她们虫子一样凝结在树脂里，要等待地层裂变，重见天日，变成他物。

丁小莉从卤肉铺回到家时，推开门，空荡荡到听得见一阵轻微的风声。伍珊乖乖回学校上课了，今天。这个家齐整，柔软，有淡淡洗衣粉的味道。她属于这里。

她踢掉高跟鞋，整个人塌在沙发上。她的初恋是哪个，她怎么会不记得。那个运钢材的司机，神气地坐在驾驶室里。大卡车的驾驶室高高悬在半空，要用力爬好几级阶梯，才能坐进去。他算不上好看，但脸上有她在这个厂子的工人脸上，从没见过的活泼与生气。想来，应是他去过的那些地方，山川河谷与公路，让这张同样年轻的脸，映上了不同的色彩。她是喜欢他的。尤其当他教她怎么把手放上方向盘，脚踩离合器及油门，告诉她，她可以做一名女司机的时候。这几乎是她对自己人生最高远的一次想象了。

后来，有了珊珊之后，他回来过一次。远远地，隔着马路，她一眼认出了从驾驶室里跃身下来的他。见老了。一只裤腿挽起来，另一只垂在黑皮鞋上。背心外面套一件松垮垮的旧衬衫，看不出来有女人照料的痕迹。店里突然有酒客高声叫她的名字，“幺妹幺妹”的叫唤声，让马路对面那个人也被吸引了注意力。

她抱着珊珊坐在副驾位上，任他开着大卡车，在清晨的街道上游荡。这么大型的车，如果不是深夜及清晨，是不让进入城区的。珊珊是个乖娃娃，滴溜溜一双大眼睛盯着新的风景，并不惊慌哭闹。她抱着珊珊，他开着车，像是一家人。但她心里清楚，终究不可能是一家人的。她能去哪里呢，能走多远呢。伍爱国和她生出了珊珊，就像一个标记，她怎么也甩不脱了。恨的时候，想着珊珊，心又软了，觉得伍爱国多少有几分可取之处。所以她只是抱着女儿，看驾驶座上的男人把手搭在窗沿抽烟。跟大部分时候人眼所见的丁小莉不同，她在这个驾驶室切割出的小小时空里，显出女人身上真正的温柔来，温柔得像一个真正的母亲。城区的道路，房屋，清晨还未熄灭的路灯，也就温柔地映上她的脸，给她温柔的记忆。

伍爱国一直没有接电话。不是猝然摁断后急促的“嘟嘟嘟”，而是缓慢悠长，像是永远不会再有人接起来说一声“喂”的嘟——嘟——嘟。丁小莉坐在沙发上，像在等待什么，又根本不像是在等待。终于，她站起身，提起那袋“心妍美”化妆品，准备去总部退货。如果卖不动，那至少要把这些货的钱还给她。

“苹果化了”走出珊珊家后，突然决定不这么快离开。前一个晚上，伍珊和丁小莉母女又哭又闹的戏码，让她惊惧难平。她拍门拍了很久，最后捂着又红又烫的手心走了。

刚下楼，就被单元门口几个黑黢黢的人影吓了一跳。一盏绿灯下，几个人的脸皮照得发青，只差几对獠牙就能装起鬼来。但宽而扁的脸、眼珠子滚动着转出来的一点小快乐，又让他们看起来像《愤怒的小鸟》里面傻里傻气的那些绿色的猪。不知道什么时候就被小鸟炸弹轰掉，分崩离析。每个绿色的猪手里都攥着一副牌，叫嚷着“一个炸”“一个鬼”什么的。对路过的“苹果化了”，他们瞟一眼，又“咯咯”笑着甩起炸弹来。

不自觉地，“苹果化了”拉紧了领口，似乎除了风，还有一股看不见的妖风邪气，从黑暗中袭来要钻进她的身体。四野漆黑。她伸手出去，手指仿佛也要融化进这样的黑里去。

这里是季末的所在。她突然不知道，自己出现在这么一个奇怪的时间地点，到底是为了什么。因为对傅覃共同的爱？还是像她们彼此许诺的那样，做最好的朋友，然后，你就再也不是一个人了？可是，她们那点小小的盼望，那点共同的信仰，在这又臭又黑的家属院，算得了什么？

“苹果化了”自觉是个大人了。她看得懂母亲与父亲之间，母亲与亲戚之间，母亲与自己之间，那些奇怪又明目张胆存在着的东西。那些大人们议论着的——谁玩脑筋玩得过谁、两口子两姊妹间的小伎俩。她觉得自己是个大人了，因为不仅看懂了，还可以学起来，甚至，可以学起来后惩治大人们了。

只是，面对季末就像面对另一个自己，那个不久前还新鲜得冒出水蒸气的自己。就像她们嘴唇贴在一起，她领着季末学什么是真正的接吻一样，在这个交织着旧与新的世界，她想跟季末站在一起，守住她们的那片小小绿洲。

前一晚，一团漆黑中她跌跌撞撞走出比夜更黑的家属院，走到大马路上去，扬手截住一辆出租车，像是要迅速逃离这片黑沼泽。可是这个傍晚，她任由自己在冷风中抖着，脚步并不惊慌，一点点在碎石子铺就的小路上绕着季末家一圈一圈打转。

抬头就能看见季末房间的窗户，正对一棵樟树。那棵樟树几乎掉光了叶子，干枯枝条的灰色影子把窗玻璃切割出细碎繁复的花纹。如果季末坐在窗户后面，她看见的一切都会蒙上这层影子。

季末说，求求你。

书包从“苹果化了”的手里被拽出来，慢慢滑到地上，滑到两人的脚与脚之间。

“你怕什么。”“苹果化了”声音很轻，轻得几乎是轻蔑了。

“我妈妈只有我一个。”

“你又不是不回来了。”

“是……但是………”

两个女孩的眼睛对视着，光在她们清澈的瞳仁上跳动，像在寻找盟誓的脚踪。或者，是比盟誓更深更久的什么。

所以，“苹果化了”绕着楼走了一圈又一圈后，突然站定，对着窗户大声喊着“季末——季末——季——末”。如果季末连从窗户里探出头来的勇气都没有了，她就真的离开。不再回来。

从小，“苹果化了”都是那个晚饭后最先冲出家门，跑去楼下叫小伙伴下楼玩耍的急先锋。筷子才放下，心就已经比脚更快地出了门。做第一个冲出门的孩子，让她领略了其他孩子几乎从未见过的风景。比如，白昼与夜晚交接时无穷变幻的暮色，吞吐了一整个白天后大地混浊而暧昧的气息。以及家家户户关门吃饭时，街道、草地、房屋与树木间独有的静谧。一盏又一盏灯亮起，光线从窗户里游走出来，匀给她独属自己的人间温暖。但此刻她又是一个人。她还是个孩子，但早早触摸到了孤独的本质。所以，当她长大一些，再长大一些，直到身体与头脑匹配，成为一个真正的大人时，体内的自我修筑早已完成。她不畏惧任何事。至少，她这么觉得。

她扯着嗓子喊。这是一个不会惊动四邻的名字。陌生，安全，无害。只属于她和季末的小世界，眼睛所不能见。所以，她几乎是在对着虚空喊话。

虚空也有其边界。凭借意念筑成的沙堡，虽不会被风吹塌，但一旦劲泄掉了，就会瞬间崩塌、消散，不复持有固定的形状。她一声声地喊着，声音加固着沙堡。

季末的脸在暮色中浮出。酒色海面上终于显现的白色浮标。

“你要去哪里？”那张在高处的脸喊话。

“后天，我在体育馆门口等你。”地面上的那张脸回答她。

“后天！”

“后天！”

两只隐形的手在空气中伸出，隔着四层楼高的距离，拉了个勾。

比后天更快到来的，是明天。

伍珊还是个乖娃娃，所以停了一天课后，又回去学校上课。刚刚吃完晚饭，伍珊洗干净搪瓷缸缸，丁小莉就在宿舍的走廊上出现了。打了通宵麻将输钱输得最厉害的时候也没有这么红的一双眼睛，发疯一样盯着她。丁小莉看起来像个鬼一样。

还没等伍珊走到她面前，她就哭起来。等伍珊走上去，她一手扑掉了搪瓷缸缸和洗洁精，抓着伍珊摇着晃着哭起来。

丁小莉丢了钱。伍爱国没找到的存折，被丁小莉揣在包包里日夜看守，但也莫名其妙就撞了拐。

丁小莉在家门口的车站等47路公交车，提着一袋“心妍美”要去市区退货。47路从比她家更远的东边起始，从东到西穿过整个市区。东边的人进城办事，坐47路基本都能到。坐的人多了，车也就特别慢，上客下客，拉拉杂杂。丁小莉这天也等了很久，两只皮鞋勒得脚背都要肿起来了。

终于，候车亭的长凳上有了个位子，她一屁股坐下去。旁边一个跟她差不多年纪的姨妈已经坐了很久，拿张报纸在看。丁小莉从来不爱看报纸，她虽然经常跟别人说她初中毕业，但她对有字的东西都没耐性。但是等得太久，那个姨妈拿着的报纸又一动不动，丁小莉就瞟了两眼。云天大师开过光的玉牌，全城限量只有六百六十六个名额。延年益寿，保命消灾。

丁小莉没什么首饰，但是对玉特别迷信。她经常抓着她脖子上那块红绳子都戴得变黑了的玉说，这是他们丁家祖传的，多灵多灵。她要是心跳得厉害的时候，伸手摸摸那块玉，心就定了。

伍珊常说："那么灵，你在牌桌上咋不摸摸？"丁小莉就会瞪她一眼，说："戴玉保平安，又不是戴玉旺财，连这个都不懂。"

反正，丁小莉瞟了那张报纸后，那个神力无边的玉牌就入了脑。后面的事，就成了她口中的"教训""破财免灾""猪油蒙了心""最对不起珊珊的事""老糊涂了"。

两个男乘客杵在她们边上，也在议论这轰动全城的玉牌。一个说："要是我得了一块，那我后半辈子的福气就满了。"另一个说："你这种贱命，就算求来了你也压不住。玉要讲姻缘，人和玉，就是一对一的缘分。戴对了，你顺风顺水，玉也溜光水滑。"

突然，那个姨妈转头对丁小莉说："这两个崴货，我有玉都不卖给他们。”话是对着丁小莉说的，两个男的却猛地转过身来。一个说：“姐姐，你卖给我嘛。”另一个说：“优先我嘛。”你争我抢的。

47路来了又走了，丁小莉却像走不动路了，直愣愣坐在凳子上看三个人讨价还价。

原来开了光的玉牌也分一等二等三等。大概是开光时的法事级别高低不同吧。两个男人先是都要买三等的，四千九百九十九元。后来被老姨妈劝，三等的只是刚刚够上有灵气的程度，你们这些灵性不足的，带不动玉里面的气出来，还是要来块能量大的。所以他们又决定买二等的，就是六千九百九十九元的。结果两个人互相看不顺眼，觉得对方是个崴货，自己再怎么也比他高一级。

说到最后就变成两人都要买一等的。男人探过身子问丁小莉：“姐姐，这附近哪儿有农业银行？”丁小莉指指车站前的十字路口右边。

两男一女有说有笑要走时，丁小莉想了又想突然站起来说：“这位大姐，可不可以把佛缘也给我结一结？”

丁小莉怎么会相信那三个骗子，也不过是太想把钱翻番了。玉牌买进来，转个手，云天大师开过光的，是不是。

结果，骗子还是太狡猾了。我对不起你啊，珊珊，我对不起你。丁小莉说着说着就淌起泪来，右手捏成拳头捶着胸口，不晓得是从哪部电视剧里面学来的动作。她崩溃的原因不单是丢了钱，还在于，自己平时脑筋也算转得快的，那天明明想清楚了买玉卖玉的步骤，连哪几个人一定会买，她都想好了。才兴冲冲拿存折去取钱。结果，黑吃黑，这就叫作黑吃黑。

银行门口，那个老姨妈从手提包里掏出两个红丝绒的盒子来。丁小莉打开盒子看了看，突然问了句："是一等不是二等吧？"

那个老姨妈又啰里啰嗦解释了半天，但丁小莉还在翻来覆去摸两块玉牌，没有要把刚取出来的、热乎乎的钱给对方的意思。

大概是耐性耗尽了，老姨妈突然两只手夹住了丁小莉，半抱半推，裹着丁小莉的身子往路边走。一辆黑色面包车"哗啦"一声开了门，还没来得及看清楚，丁小莉就被力气更大的两只手抓了上去。

车开了有多久，丁小莉记不得了。她只是被捆了手、堵了嘴，像只死猪一样被甩在面包车后排。两男一女在车里面说笑，每笑一声她都像被打了一耳光。

丁小莉流了很多泪，最后被甩下车时，眼泪、口水已经把堵着嘴巴的一块破布浸湿了。建筑废料的水泥粉末钻进她鼻孔里，还有野狗的尿骚味、草木灰燃尽后的甘香。丁小莉跪在废料里面，想要等一场雨，或者一群鸟。除了一场可以将天地的痕迹都抹掉的大雨，还有什么能洗掉她的屈辱呢。

然而，雨并没有来。最后，她也只是在泥巴、砖头、砂石里面磨破了手，也磨松了绳子，终于跪在地上扯出了嘴巴里的破布。

四下无人，荒野苍茫，只剩她一个到处都在疼痛和漏风的身体。她用尽全身力气号了又号。最后，拍拍土，站起来，提着肿得老高的脚背，一瘸一拐往公路边走。

丁小莉有没有省略或者夸大她被骗、被绑整个过程的细节，伍珊永远都不会知道了。她是怎么回了家，洗了澡，换好衣服，坐二十多个站的公共汽车到伍珊学校，在走廊上打翻伍珊手里的搪瓷缸缸，开始哭起来，伍珊也永远不会知道了。只是，她裂开的嘴角、淤青的额头，还有身上更多看得见看不见的青紫，都让伍珊不能控制自己，比丁小莉更凶地哭起来。

丁小莉常说，牌从门前过，不如摸一个。心头慌，打中张。就是这样中不溜的人生哲学。而命运似乎也对她格外苛刻，她偶尔想跑到圆圈之外，“来票大的”，就遭遇了可耻的失败。

伍珊用力挺直腿，这样，丁小莉压在她身上的重量，才不会让她垮下去。从什么时候起，丁小莉已经只有她肩膀高了呢？而丁小莉头发上油脂混合了油烟的味道，怎么那么陌生呢？想到自己曾经是这个身体的一部分，伍珊伸手，摸了摸看不见的脐带。摸到的是丁小莉腰上的赘肉。从裤腰上垂下来，沉甸甸压在手心里。哪个男人会疼惜这坨肉呢。那些在阳台上等着风干的塑料袋，比丁小莉晾在旁边的内裤更花枝招展。穿得变形的内裤，裆上一块绿色的加厚棉布，洗得早已发白，不在乎地挂在晾衣绳上。

丁小莉总是趁伍珊回学校的时候才把她的蕾丝内裤晾出来，但有一回伍珊看见了，一条肉色的内裤，屁股部分全是透明的蕾丝。

伍爱国最后一个人走去找左老五讨债。换作平时，他没有这样的勇气。但珊珊发了疯一样的号叫，让他整个人碎成了渣渣，似乎这次，讨不到个说法，他就永远失去了做父亲的可能。他只觉得是“可能”，根本没想到“尊严”“义务”“责任”这些词。

珊珊是个乖娃娃。还是婴儿时，抱在怀里就安静得惊人。眼睛紧紧闭着，粉嫩的小手指还捏不太拢，半张开。嘴嘟着，吐出些白色的细泡泡。这个婴儿身上的味道他从来没闻过。不只是奶香，这张粉色小脸散发着这个世界其他地方绝对没有过的清香。比刚撕开包装袋的香皂更洁白，更轻，但又带着跟他有关的人味。他就这样抱着自己的女儿，闻着闻着，感觉可以闻一辈子。

那时候伍爱国还没有正式下岗，但厂里的机器已经转三天歇两天，说是要控制生产。人嘴里传递着各式流言，关于钱，关于命运，或者未来。只是谁都没有想到，厂有一天是会没有的。以及谁也无法想象，没有，就是凭空消失，就地解散。人只是本能地，在未知面前显出懦弱和恐惧来。伍爱国记得，自己是怕的，不知道明天的工资从哪里来。老大不小的人了，没有学历，放去人才市场，没有人会要。总不能去死。

做学徒时，师傅说他，脑子不笨，心思不稳。这八个字，不知不觉就被时间印在了他脑门上。他本可以是个好学徒，然后做个好师傅。就像他的师傅一样，虽有些小心思，但规规矩矩干活，总能挣出一家人的口粮来。一门手艺，换几十年安稳。但他终究世面见得少，于是胆子也小，在大局势面前，大致是什么也看不清楚。所以就随着最坏的潮流，沉到底了。同样身份的人，酗酒、赌钱，或者铤而走险，终究，都变成了黑压压的一片，布告栏里成百上千个下岗名字中的，一个。

人家都说，捞偏门的，命格要够硬。但他这一辈子，错就错在心还是软了点。跟左老五这些狗日的相比，他不上不下，倒来不去[1]，所以下岗后，钱没有挣到多少，脸算是丢尽了，还落了个屎一样的名声。小偷小摸，小抢小骗，这些动作，加在他身上，都加了个“小”字做前缀。就像厂子里的人总结的那样，伍爱国——颠三倒四。虽然乌鸦不要笑猪黑，大家过得都是烂泥一样的生活，但似乎，他们多少有点资格嘲笑伍爱国的人生颠三倒四。自己婆娘

1 倒来不去，贵州方言，意为某种决定或抉择不是非做不可。

娃娃不养活，跑去外面躲债一躲就是几年。终于跑回来了，却是一分钱没有赚到。那个丁幺妹也是脑壳进水，还跟他睡。有什么好睡的。据澡堂子里见过伍爱国光胴胴的人说，他那玩意，也就一般，很一般。跟前妻睡了吧，那你挣口饭养起两娘母还是可以的嘛，他老人家又跑去裹了一个公共汽车售票员，最后被套牢了，跟那个公共汽车售票员把婚结了。你说是不是颠三倒四。

人们理解不了这其中的逻辑，就编出些奇奇怪怪的流言来。比如售票员是个悍妇，经常把伍爱国打得青一块紫一块的。那个丁幺妹呢，是看在卤肉铺的老张是个软蛋，吃定了他，早晚要跟伍爱国一起把卤肉铺骗到手。大家的想象力，总是逃不出民间故事、说书人演绎的奸夫淫妇桥段。只是当潘金莲、武大郎、西门庆的角色都不够丰满时，人们忍不住要去添油加醋，不然怎么对得起自己讲闲话时喷出的口水、吃下的瓜子，又怎么才能把这个故事一直编下去呢。

所以，颠三倒四的伍爱国跑去了左老五的门面，大家也只是又一次抱着手看热闹——这回又是演哪出呢？

伍爱国这天没有按照角色设定演。真是让人失望。首先，他走到左老五的门面那里，打量那些挤在门口的人，没有挑拨离间怂恿别人去闹事。而只是看了一圈，然后直直走进里面去，揪住了正在跟另一个债主耍赖的左老五。

“今天必须把钱还老子！”伍爱国吼，也不晓得是不是在虚张声势。

“我哪里有钱！我的钱还不是被套牢了！”左老五怎么可能对他一个人松口。

“你把这个门面卖了不就是钱，没得钱，你哄鬼啊？”

“我倒是想卖哟，哪个买？我现在就卖嘛！”左老五掰开伍爱国揪着他的手，直接对着人群喊话，“卖门面！哪个要哪个拿走！”

人群里一阵鼓噪，但并没有谁站出来。这是个六十平方米左右的门面，四四方方，正中隔出一道墙，做成里屋外屋。外屋摆些烟酒茶，是个小卖部的样子。里屋几张桌子，桌面上散着麻将或扑克。跟一般的麻将室不同，这里不欢迎五角钱一炮打发时间混日子的平常人，来这里玩的，都是真正的赌客。

不用说，左老五是庄家。庄家做久了，对钱的进出来去，有高度的敏感。所以左老五在听闻城里面兴起小额贷之后，很快嗅出了财路。最开始赚疯了。赌客把钱集给他，他抽个点数，壮大了去放贷。

赌输出去也是输出去，你还不如给我去放贷。左老五劝人有一套。

如果你想动点小脑筋，绕开左老五去放贷，或者自己去打听大庄家，很快也会发现，左老五确实只是吃点数——人家收放款从五十万起步，你那一万两万，不经左老五的手壮大，根本放不出去。

所以上游下游畅通无阻，左老五也红火了一段，成了这片厂区人人争相贴笑脸亲热喊着的“左总”。这两个字叠在一起发音不容易，所以人们都拖长了腔调，喜笑颜开地喊着“左——哦——总”，声调拖成一根根鱼线，也不晓得是不是两头真的钓住了，还是有别的手，在牵着鱼线，准备起钩。

人终究算不过天。大庄家放出去的贷烂在了楼盘里。那些像笋一样在城里长出来的塔楼，以为可以像北上广一样不愁卖。大庄家背后的大庄家呢？也堵不上财务缺口，决定赖账。

呼天抢地。在几十号人堵在左老五门口讨钱之前，左老五也去庄家那里软磨硬泡过。但账烂掉了就是烂掉了，无所不能如左老五，也只能乖乖等着。既然没有通天的本领，那就塌下去做一堆烂泥。

所以伍爱国这样小打小闹，左老五一点也不怕。早有几十人上百人跟他闹过了，坐在铺子门口不肯走的，也不过是这些人。他倒要看看，伍爱国今天要干什么。

伍爱国揪着左老五往里屋走，往日沸沸腾腾的赌桌，现在一个客也没有。就着灯光，伍爱国半是威胁半是哀求："你多少先给我点啊，不然我没办法跟人家交代。"

"我也想给你啊，但是我真的没有啊。"

"八千。够我去广西的油钱就行了。"

"你去广西做什么？"

"哎呀，不关你事。你先给我八千。"

"我没得啊。"

"五千。"

伍爱国央求的数字一点点降到三千，但左老五还是一口咬定自己没钱。僵持着僵持着，一个人影蹿进来。

"张卤肉，你管什么闲事？"伍爱国找不到地方撒的气，正好转移到老张那干巴巴的一张脸上。

“你听我几句。”

“老子才懒球得听。”

“你不听我的可以，你想想珊珊。”

“老子的姑娘轮得上你说话。”

“还不就是那点学费，你听我句劝。”

“丁小莉这个狗日的倒是什么都跟你讲。”

“你跟女人计较什么。”

“她是不是裹上你了！”

“伍爱国你还有种没得！”

“老子看你是真的没种！”

左老五夹在中间，被两个发了疯的身体揪打。咒骂着咒骂着，天就真的黑下来。外屋那些讨债的人，面无表情地听着里屋传来的阵阵号叫，并无太大反应。只是抱紧了身体，等着新的人打上门来。

把绿丝带扎到头发上，珊珊就变成了季末。

体育馆门口的空地上，应援团早已布置好了战场。泡沫拱桥、气球丝带、手幅易拉宝。广告牌也成功租下，绷上了傅覃的大海报。全国各地来的粉丝划归不同功能的小队列，高矮胖瘦，都挤在同一款绿色T恤里，手上绑着粉丝团的标记绿丝带。“后宫粉”装扮着旗袍手绢，妖娆多姿地要一起睡爱豆。“妈妈粉”把娃娃打扮成绿色小动物，要把膨胀的母爱传递到下一代。

参加游行的几百号人出了体育馆大门，浩浩荡荡走上街去。个子最高的擎着旗帜，每隔十米就有一个口哨号令步伐。她们的口号喊得震天响，披挂装扮也极尽夸张，比促销的商家让员工游行做操喊口号派传单更卖力，更吸引路人驻足围观。

季末和“苹果化了”也站着看了一会儿，却找不到加入进去的身份。她们的票是自己在网上买的，也就领不到集体购票后粉丝团配置的应援大礼包。大礼包预设了一个晚上的嘶吼和亢奋，包括一个灯牌、一包纸巾、一盒润喉糖、一瓶水和两支荧光棒。

“后悔了吗？”“苹果化了”似乎看出了季末的犹疑。

“也不是。”

“那干吗咬嘴唇。”

“她们要走到哪里去？”

“苹果化了”耸耸肩：“谁知道。”

一个清洁工停下扫把跟她们一起发呆，嘟囔着，国庆游行不是结束了吗，这是哪个单位的保留节目啊。“苹果化了”逗她说：“咦，哪有这么快结束啊，也要给年轻人一点表现机会嘛。”清洁工伸直腰看了看游行队伍，那举的旗子怎么是绿色不是红色咧。“苹果化了”笑起来，哪里是绿色，明明是红色的啊。你怎么红色绿色都分不清哟。

恶作剧把季末也逗笑了，“苹果化了”拽着她掺进了游行队伍，欢天喜地往前走。队伍就这么三两个地吸纳壮大着，直到走上广场去。

这个广场季末从小到大来过很多次，但没有一次，像今天这样让她感觉到为什么广场是广场。虽然广场位于城中央，但对在东郊生在东郊长的她来说，来广场需要坐二十几站，中间还要倒一趟。

丁小莉抱着她在广场正中照过相。太阳正旺，雕像的阴影轻轻盖在两娘母的笑容上。

关于广场，之后记忆的显影来得都不如这张照片清晰。大概是因为，慢慢地，广场边上的商场越修越多，逛广场就变成了在商店里穿梭玩闹。买些衣服裤子鞋袜，吃个麦当劳，这些温温吞吞又让人饱足的东西填进来，广场上的雕像也好太阳也好，就淡下去了。然后某一天，全城人民决定扩建广场，挖了填填了挖，广场于是变成了今天她们站在这里的模样——灰白寥廓的水泥坝，光灿巍峨的雕像。

游行似乎到达了终点，但又好像在盼望高潮。出乎她们意料的是，几百号人在广场上散开又聚拢，排出新队形后是为了跳一曲《小苹果》。不会跳没关系，也不是全部人都记得那些动作。只要站好位，跟着动，乌央乌央，就都顺理成章了。绿色 T 恤连缀着一颗颗黑色脑袋，远远看去，浮动在广场还没撤换的国庆红灯笼、绿盆栽和金菊花堆迭出的色谱里，一浪接一浪，不和谐，也汇成了奏鸣曲。

这套动作对她们两个来说有点滑稽，几个小时后的那套动作则根本不需要学。

敲击荧光棒，口号是“傅覃傅覃，永远最行”，节奏是“蹦蹦蹦蹦，蹦蹦蹦蹦”。虽然没有应援包，但最终她们也分到了灯牌和荧光棒。一个灯牌连一个灯牌，才能浮动出真的绿海。怎么能允许一片绿海里有两个不和谐的黑点呢？

比起广场上的太阳和旗帜，体育馆的幽暗与绿光更让季末加速消融。傅覃就像一尊神。光从他头顶打下来，照出了每一处身体线条。他的手指在光里划出一道道灰尘的来路去路。吉他震荡，琴弦把光波推送进空气里。

季末们大声地唱着，唱着，唱着。直到嗓子再也发不出声音来，嘴却还做着无声的口型。爱一个人当然让你快乐，但这么多的人爱同一个人，你会更快乐。肩并肩，手挽手，连成一体。统一的口号，统一的动作，季末于是忘掉了自己。

转头看“苹果化了”，发现她也哭起来。两个人的眼泪在空气里蒸发，在她们头顶凝成一片不会下雨的云。

绿光里，“苹果化了”的皮肤透明得像水晶。伍爱国像狗一样逃窜后，季末在“苹果化了”怀里哭了很久。上一次这样在人怀里哭，还是中考失败的时候，两年前。丁小莉摸着她的头哄她说，不要紧，妈妈给你存钱了，一四七上不了，交点钱上二五八总可以嘛。丁小莉根本不知道，重点中学的排序是——一三七，然后才是二六十。她只是张嘴就来，把麻将里的术语甩出来。丁小莉身上的脂肪和脂肪堆积在一起产生的热量，就像海绵一样吸走痛苦，吸得一滴不剩干干净净。“苹果化了”的脂肪也具有这种魔力。

季末于是伸出手，穿过“苹果化了”的腋窝，祈祷手势般拢住这个身体。热量从两个身体间升起来，人和建筑被压得变矮变小，慢慢陷进地心里去。

一进门，丁小莉就给了伍珊一耳光。

从小到大，丁小莉经常打她。大概，丁小莉也是这样被打大的吧。伍珊小的时候，打屁股。趴在凳子上，天旋地转，丁小莉边骂边打。大了点，伍珊的裤子不是想脱就脱了，丁小莉就掐手。或者就拿个篾片，劈背、扇手。其实伍珊已经不太记得了，她是不是真的做了那么多活该被打的事。但丁小莉就是这样，不讲道理，脾气暴躁。看她切肉切菜经常把手指切出血，就晓得她性子有多急。虽然她打完伍珊，背过身也会淌眼泪，但下一次，手还是会用力打下去。

但打脸，扇耳光，好像这是第一次。伍珊的眼睛里慢慢涌出些泪来，不晓得是被打痛了，还是真的难过。

客厅里，陈婆婆、张阿姨，邻居们排排坐，眼睛齐刷刷盯着这两娘母。

只要还住在这个家属院，丁小莉就是她们的一分子。虽然丁小莉刚工作厂子就开始整顿，接着她就被下了岗，但她生在这里，长在这里，出丑在这里，老死也会在这里。

这些，陈婆婆张阿姨们都看在眼里。同样，丁小莉对她们的家务事也心知肚明。大概就是这些看起来不重要、轻飘得像蜘蛛丝一样的关联，让丁小莉没有搬走。她开始做“心妍美”后，有几个姐妹劝她搬到城区去，那边的货走得快些，客户啥时候有需求你啥时候送上门，就能抓住客人了呀。丁小莉没动。她晓得她是有点怕，离了这片家属院，她耀武扬武或者撒泼打滚都要学新的腔调，好累嘛。

所以伍珊乖不乖，有没有出息，部分也属于这个小集体的公共事务。要管教、要讨伐，丁小莉随时可以向她的联盟求援。

陈婆婆说，丁小莉冲到院子里，在水泥地上打起滚来，号哭着伍珊的名字，求邻居们帮她去找姑娘。众人问丁小莉发生了什么事？丁小莉说：“珊珊不见了啊。”大家于是说，珊珊可能只是出去玩了。但丁小莉打死不相信，她认定，这是周五，平常这个时候，伍珊已经从学校回到家了。伍珊一定是离家出走了，一定是气被反锁在家里，又没收了手机，这是要报复她。她说的话也不是完全没有道理。陈婆婆们又拉又劝，才把丁小莉从院子里拖回家来。然后她又说要报警，抓起手机打 110，没有用，失踪时间还不够长。又哭闹了很久，居委会的人来了，关系好点的邻居朋友都来了，丁小莉才慢慢停了喘。

伍珊进门后，她又吃进火药了。垂着头任她继续厮打的伍珊没有说话，只是淌着泪。打了几下后，手像篾片一样带劲的丁小莉却像漏气了，倒在沙发上号哭起来。伍珊也哭起来，说是哭，更像是不知道在身体里哪个部位发生的撕裂和轰鸣。

丁小莉缓过劲来，说："你有本事走，就不要回来啊。你怎么又回来了呢。"

"你懂个屁，"伍珊盯着她，"你什么也不懂。"

丁小莉又要伸手出来，一屋子人拉的拉劝的劝。张阿姨说："哎呀，你不要再讲了。珊珊回来了，就可以了嘛。"陈婆婆说："珊珊乖得很，以后不会乱跑了。"

绿色荧光棒被折断甩在地上，里面漏出些不知是什么的液体来。还完整的另一头，在黯淡的房间里荡出绿光。刚刚过去的这个晚上，绿光里的快乐或悲哀，这屋子读取不出，卡壳宕机一样"咔嗒咔嗒"响。

几个婆婆姨妈又说了很多话。有些人饿了，就嗑起瓜子来。瓜子脆生生地在她们嘴皮上响，像风波后的余音。

平常不觉得，现在面对面盯着她们，伍珊简直就要害怕得打起抖来。每颗脑袋都顶着乱七八糟的卷发，估计都是在丁老二那个小发廊里烫出来的。四十块钱染出来的颜色管不了多久，现在既吃干了原来的发色，又盖不住头皮上簇集的白发。独眼灯泡一照，几个女人看起来实在是像要吃人一样吓人。更不要提她们身上那些倒洋不土的打扮，亮铮铮的打底裤配在毛衣下面，绷出几个下垂的屁股。衬得丁小莉都高档起来。

伍珊垂下头，鼻涕跌进嘴里。混合了眼泪的鼻涕，清汤寡水，可以被这个同样不值钱的身体回收进去。

丁小莉骂男人时，喜欢骂“傻缺卵的”。骂女人时，一般骂“出来卖的”。这个晚上，她都骂了伍珊些什么呢。大概就是“不要脸”之类的吧。追明星追得跑出家去，旷课，不听话，下一步就是揣个野种爬回来哭了。

有几次，丁小莉和伍珊一起散步路过小广场，看见跟丁小莉年纪差不多或者大得多的人在扭腰甩胯，红艳艳的高跟舞鞋，有种乡气的性感。伍珊说：“妈妈，你也来锻炼锻炼啊。”丁小莉啐她：“扭那么厉害，还不是为了给男人看，我不稀罕。”伍珊不说话。丁小莉又说：“最不值钱的男人才会在大街上盯女人呢。”

所以，“不要脸”到底是什么嘛。

在卤肉铺，丁小莉还算招人喜欢。毕竟二十几岁就在这里帮工，做了这么多年，在卤肉铺也做出了一个小世界，有人需要她。何况，她也没本事飞出卤肉铺去。比起家属院里一家人只能吃低保，或者让老太太去当保姆做小工的出路，丁小莉确实有点看不起人的资本。但偏偏遇上伍爱国这个砍脑壳的，一躲出去好几年，之后又隔三岔五回来骗，哄得丁小莉鬼迷心窍，蹉跎得好年华都耗尽了。

她也就无声无息回到队伍里去。

灯光白得像雾，昏暗得又像霾，照得每个人都多出了另一截魂魄。几个女人还在说，像说所有她们在意不在意的家长里短一样要永无止境地说下去。她们一脸认真，带着兴奋，喷着口水，好像她们口中的“珊珊”真的是面前这个盯着她们的十七岁女生。

不远处，新修的楼盘里，有家人在阳台挂了彩灯。一闪一闪，五颜六色，不知在庆祝什么。那原本是隔壁厂的家属区，整改清算，土地售出，盖起了新的楼盘。住进来的人，并不知道这里曾经发生的故事，也不会有这片区域的人脸上惊惶的神情。彩灯有节奏地闪动着，与伍珊家楼下的幽暗绿灯呼应，像要召唤出未知的疯狂。

伍珊突然像丁小莉平时做惯了的那样，一屁股坐在地上，杀猪一样号起来。

车子出了城，车轮就转得快起来。车轮转得再快，也赶不上季末想见到“苹果化了”的心。

背个书包她就跑出来了。风特别凉，可以说有点深秋扎骨头的冷了。季末在校服里面套了件毛衣，影子鼓鼓囊囊，就这么顶着淡色太阳的光照往外走。保安室的门卫抬起眼睛看了她一眼，低头继续把水烟抽得“吧嗒吧嗒”响。

候车大厅里，一个男人端着盒方便面。一个瞎戳戳的农民工风急火燎地擦过，一下给他撞翻了。男人揪住民工的耳朵，揪得好准好用力，像要把那农民工的耳朵钉在空气中的隐形柱子上。两个人就打起来。原本乱哄哄的候车大厅，各往各人的方向走，各自的包裹行李在地上拖动。两个人搅出一个旋涡，突然这空间就变了形状。打翻了的方便面被踩得一地乌糟，两个扭成一团的男人在上面翻来滚去。

季末伸着鼻子吸方便面的味道。买了车票她就没什么钱了，但好歹，食物的气味是免费的。

这是个小城镇，新崭崭的小区边上挤挨着成片的农民房子。“苹果化了”住的是别墅。有罗马柱、金顶、喷泉和戴白手套的保安的高档小区里，一栋三层高的别墅。“苹果化了”在这里被唤作周佳媛。

周佳媛又软又香，笑得像夏天才会开的茉莉花。伍珊站在门口解鞋带，怕踩脏了干净得闪光的地板。周佳媛却迈开腿就进了屋，在大得有回声的房间里溜冰一样自在游荡。

伍珊把鞋子轻轻放在门垫上，周佳媛急急拽住她：“走，看宝贝去。”

傅覃的人形立牌、卡通公仔，还有几十个毛绒玩具，堆在飘窗和飘窗前的雪白羊毛毡上。周佳媛一把抓起一个玩具塞到伍珊怀里，自己也抱住一个笑起来。

伍珊觉得自己又回到了小时候，可以把洋娃娃、泥巴玩一天的那种快乐。周佳媛剥开一颗费列罗巧克力塞进她嘴里：“好吃吗？都是给你准备的。”

大概是饿了，伍珊一口气吃了五颗巧克力。甜蜜粘住了牙齿，也弥合了饥饿的缝隙。趁周佳媛不注意，她塞了两颗到书包里，丁小莉也应该尝尝，世界上居然有这么好吃的巧克力。

有一秒钟，她后悔让周佳媛去她家里。还去了两次。

比萨原来是这个样子的。周佳媛电话订来的比萨送到后，掀开盖子时伍珊高兴得笑起来。她真的饿了，又或者太兴奋，抓起来就往嘴里塞。塞了一半又伸手进嘴巴抠出来，怯怯说："我吃不惯。"周佳媛说："那我们订别的。"伍珊摆摆手，把比萨上的馅料扒掉："你看，我可以只吃这个饼。"

两个人又笑起来。

笑容接力一样在两人脸上浮现，笑是真的笑，可不安也慢慢浮起来。周佳媛的床是奶白色的，倒上去后软绵绵香喷喷的。躺在这张床上的周佳媛，跟倒在伍珊家床上的周佳媛，看起来很不同。

伍珊把校服脱下来，里面是一件满是洞洞和线头的毛衣，她知道，再里面是一件旧棉毛衫，然后是一个有点发黄的胸罩。周佳媛身上的东西看起来都很新，很贵。伍珊两只手在胸前交叠，像刚出生的乌龟没有防御能力的壳。

面对面不动的时间足够长的话，就会在对方的瞳孔里看见自己。伍珊看见的是一个傻笑着的自己，凝固在周佳媛漾着清波的黑色瞳仁里。周佳媛突然爬起来，从衣柜里找出一件新的卫衣来，剪了吊牌，要往伍珊的身上套。

伍珊任由她像打扮洋娃娃一样套上了有点硬的新衣服，突然说：“我们走吧。”

“走，走去哪里？”周佳媛还在细细拉抻衣角。

“我们可以去深圳。我家院子里好几个人都去了那边打工。除了天气热，那边什么都挺好的。”伍珊睁大眼睛。

周佳媛伸手要揽她的肩。

“我们可以坐火车去，先找个地方住下来，再找工作。我有身份证了，没有问题的。”伍珊坐直了，“你说话啊。”

周佳媛脸上的神色，是伍珊从没见过的那种，怎么说，像个大人，像个真正的大人。她轻飘飘地说：“可是我下个月就要去澳洲了。”

伍珊环顾房间的摆设。书柜上，有一组周佳媛的艺术照。其中一张，是一家三口。女人看起来比丁小莉年轻许多，蓝色套装，领口系条碎花丝巾。男人看起来比伍爱国精神得多，衬衫袖口没有挽到胳膊肘而是在手腕上扣紧了。至于中间长了张白圆脸的周佳媛，看起来跟伍珊没有什么差别，但柔光灯一打，也高贵大方起来。

屋子里的装饰都是金色的。这种带一点玫瑰色光晕的金色，伍珊见过。那是给傅覃投票时，网页模拟演唱会烟花效果洒出的光和颜色。每投票成功一次，网页都会变红，撒些金色的碎纸片出来。欢天喜地地庆贺。当时，季末和“苹果化了”就在金色的碎纸里手拉手，被光点燃，像真正的好朋友那样分不开。就连演唱会当天，两个灯牌头靠头肩并肩，比所有的灯牌都更亮的时候，她也没有觉得更光彩。

“我走不脱。”周佳媛说完这句，之后再说的话，在伍珊耳朵里“嗡嗡嗡”地混成了一片原荒的沼泽。

周佳媛看见空气中悬着另一个自己，打量着她和伍珊。那个已经变成大人的自己。很多话，在心里面走了许多趟，最后她决定什么也不说了。

她不会告诉伍珊，她们在体育馆门口分别后，她就知道，那已经是永远的分别了。永远就是再没有颜色声响，被一滴松脂凝结住，沉入地底，变成化石。她可以轻松挥别这些，就像任何一个千疮百孔的大人一样。伍珊流着泪的脸，套在过分宽大的卫衣里的小小身体让她难过，但难过，终究也是会过去的。她已经知道了她是谁，而伍珊，恐怕还不知道。

那些只属于她一个人的黄昏，涂抹出了她的底色。走到池塘边，需要三百二十三步。走到可以挖石头和沙子的荒地前，需要六百九十一步。缅桂树一共四棵，桂花树有八株。而竹子，你永远数不清它们的数量，它们千变万化，从根系冒出一枚又一枚笋。笋再成林。这个世界里只有她一人。她于是成了这么一个人。

所以她只是静静看着伍珊，什么也不再说。

后来，伍珊把傅覃的人形立牌一脚踹翻后，往那张俊脸上踩了好多脚。很不幸，周佳媛家的拖鞋底都那么干净，连一个像样的黑脚印都踩不出来。

最后，伍珊累了，蹲在地上，屋子里的金光晃得她睁不开眼睛，就像夏天最毒辣的太阳，要把所有在日头底下劳作的穷人烤死。

丁小莉本来没想对伍珊动手。

自从伍珊坐地撒泼后，她对伍珊是否遗传了自己的疯狂与狡猾心有余悸。于是手举起来，又放下了。倒是伍珊像是真疯了一样，头引着整个身子往墙上撞。

丁小莉哑着声说：“我没问你跑去哪里野了，你还得脸了是吧。”

伍珊扭转身子，恶狠狠地说：“那你打死我啊。有本事你把我塞回你屁股里去啊。”

丁小莉突然“哇”的一声哭出来，天知道她在伤心什么，还是只是像以往那样虚张声势。

比声音大，伍珊暂时比不过丁小莉。何况，声音再大，在这个屋子里，也只有她们两个又是演员又是观众，不会有掌声评断高低。隔壁邻居的陈婆婆张阿姨杨姨妈们，自己家也不见得清净，没有闹得震天响，哪个也不会轻举妄动，跑来这个屋子里惹火上身。

伍珊冷冷看丁小莉一眼，走进了自己的房间。所有东西都被丁小莉倒在了伍珊的床上。电脑屏幕亮着，停留在要求输入开机密码的界面上。伍珊把身上那件还在发硬的新衣服脱了下来，盖在乱七八糟的床上。这是件韩版卫衣，宽大得就像做给一个一米八男人的身体的，于是真的盖住了床的大半。

伍珊跟周佳媛说的最后一句话是，为什么要对我好？

周佳媛跟伍珊说的最后一句话是，我知道早晚要让你失望。

从窗子看出去，对面那栋三层高的家属楼比伍珊家更破旧。三楼那家人嫁女儿时贴的红喜字，经过了整个夏天和半个秋天，褪色变成了棉毛裤常见的暗红色。接亲那天好热闹，伍珊和丁小莉趴在窗子上看拍门。一堆男的要冲进去，一堆女的堵着不让进，尖叫着：“给钱，喂，给钱给钱。”丁小莉当时很不满意，告诉伍珊，太难听了，净说些钱啊钱啊钱。伍珊倒是很有耐心，趴着看了很久，想数清楚到底那堆男的掏了多少票子出来。

狗屎的味道，推开窗就闻到。红喜字旁边，大概是哪个踩到了“黄金”的邻居，愤怒地写下了一行张牙舞爪的大字——管好你家的狗兄弟。这里只有这些，狗屎，穷人，烂房子。一代比一代更朽到底的生活。没得指望。

伍珊突然生起气来，把桌子上傅覃那些台历、丝带、水杯统统扫到了地上。突然觉得傅覃跟自己一样土，尤其是鼻子，长得就像一只猪。为傅覃花了那么多钱，都被冠以“爱”的名义。这些周佳媛怎么没说呢，大概因为她不缺钱。她说的爱，才重得那么轻。

伍珊喜欢猪，虽然臭，虽然什么垃圾都能吃下去，但第一次在农家乐看见猪，她就喜欢上了。猪的一生只有一个任务，就是长肉，越多越好。不像狗还要考虑交配、讨好主人，患得患失。如果可以，伍珊想变成一只猪。这样的话，丁小莉最好也变成一只猪。

伍珊还没有变成猪，丁小莉就被像膛猪一样地放倒了。

伍爱国又是无声无息地进来，三两句就跟丁小莉吵起来。那是存给珊珊的学费啊，伍爱国你还有没有点良心。我确实没得办法啊，你先给我，我有了还给你。你打“拱猪”又不是三两天，咋会打出去这么多钱。输是输了点，关键是左老五赖我账啊。你不是凶得很吗，你要回来啊！槽中无食猪拱猪，我哪点想到天天鲊起[1]哄别人，反倒着哄个大套。

没得了，被骗光了。丁小莉不想听他啰嗦。次次她都听伍爱国哄，但这次不想再听了。

两人对峙了几秒，伍爱国阴阳怪气地说：“骗光了？你是拿去养哪个野男人了吧。”

---

1 鲊起，四川方言，意为撑腰，帮忙。

“你放屁！”丁小莉炸起毛来，“你给老子滚！”

“你身上那些青一块黑一块的不要以为老子没看到，老子看你就是裹上哪个了。”

“老娘卖都来不及，用得着裹哪个。”

伍爱国被这话噎了一下，但似乎并不当真：“你卖得出去？除了老子哪个会塞钱给你！”

“伍爱国！你毁了我一辈子不说，现在还要吃珊珊的钱，你给我死开！”

“把钱给我！”

“不给！”

“给不给！”

“啊，啊！呜呜呜。”

先还只是吵，拉拉扯扯。突然就像失了火。伍爱国把丁小莉扑倒在沙发上打，扇耳光，绑住两只手。打发疯了，他整个身子把那个小身体压住，像随时要掏鸡巴出来给她一枪。

伍珊的牙齿都打起战来，看着两个像猪一样拱来拱去的身体，她的脸抽起筋来，挤出一个不能算是笑容的笑。

吼了又吼，叫了又叫，伍珊想起丁小莉每次跟伍爱国打架时的招数，用力模仿，但并没有奏效。最后，她只能一下又一下用头撞着伍爱国的背，再一下又一下撞在水泥地板上，直到伍爱国和丁小莉都被滴成了血红色。

而伍爱国在把丁小莉的领口扯烂后，看见了那根发黑的红绳子上，一直吊着的玉牌不见了。丁小莉的命怎么不见了。他一屁股杵到地上。

杨姨妈们都说，伍珊真的变乖了。

丁小莉在机麻大赛战群雄，伍珊去送饭。上百张麻将桌里，丁小莉是穿着赞助商红背心的一个小红点。没有大小雨，点杠不计分。热火朝天。丁小莉说，珊珊，来，吃花生酥。从她牌桌下面摸出每个参赛者都有的礼包。一小包花生酥，一小包蔬果脆，还有一本《养生一百问》。伍珊就乖乖剥开一颗吃起来。花生酥又白又甜又香又脆，是她从没尝过的味道。她让花生酥在嘴里一点点融化，不记得谁跟她说过，再怎么难过，吃点甜的，就会好了。

后来丁小莉又爱上了广场舞。在她们家旁边新修好的一个广场。边缘还堆着些砂石没有清干净。喷泉也还在挖，广场就还是一个大坑坑。一般，丁小莉都是提着个塑料袋，里面装着她的“心妍美”化妆品，给坐在广场上的其他姨妈讲了又讲。讲得好，货走得动的时候，她就笑。讲得不好，人家荷包捂得紧的时候，她就生气。

不晓得从哪一天开始，她没有坐在凳子上，而是站在一些正在扭动的姨妈们后面，两只手扯开身体乱晃。

丁小莉说：“你做完作业，就出来找我，我们一起在广场上散散步，珊珊。”

伍珊就听话地做完作业去找丁小莉。所有的姨妈一起跺跺脚，广场也震得要抖三抖。一些歪瓜裂枣的老汉，围着打量这些松垮垮的女人身体。伍珊听他们议论，哪个婆娘屁股够圆，哪个姨妈胸口肉嫩。丁小莉激动得很，跳得脖子、肩膀、腰身、屁股、大腿所有的肉都跟着节奏在抖啊抖。她终于找到了组织。

丁小莉被伍爱国打的那天，伍珊撞破脑壳进了医院。缝针的时候，丁小莉反复问医生，会不会破相啊，医生，会不会破相。在被告知不太可能之后，丁小莉就笑了起来。

伍爱国站在门口打望，丁小莉凶神恶煞，不让他靠近。最后，他不晓得从哪里搞了个塑料袋，装了一袋花花绿绿的零钱，放在伍珊身边的凳子上。塑料袋上一个黄色的卡通笑脸，笑脸带着三个字“实惠多”。

那个晚上，突然来了点早冬天的寒意。两娘母睡在一个被窝里，不嫌挤也不嫌热了。风穿过枯枝就像头发穿过梳子，一下一下，凌冽预告接下来的严寒。

丁小莉睡着之前一直抓着伍珊的手，慢慢慢慢要松开了，又一下子抓紧起来。等她真的睡着了，伍珊侧转身，撩开她背上的睡衣。那是些什么呢。又青又紫还带着淤血。丁小莉身上东一块西一块。月光白惨惨，伍珊想起了香港僵尸片里死人身上的尸斑。从医院回家的路上，丁小莉自己披头散发像个疯子，还一直安慰伍珊说，没得事，妈妈马上就存得起钱了。

伍珊的手指划过丁小莉的皮肤，弹了弹。两个身体都还热乎着，冒着生气。

后来伍珊解开胸罩的时候，心情很随便。

为了这个动作，班长已经求了她好几次。从冬天到春天，他们也不过是在操场上散了散步，一起坐车回了几次家。班上突然有几个男生开始追求伍珊，好像看出了她神秘的变化。班长也就对伍珊上了点心。但他怎么个求法呢。就是翻来覆去地说：“给我嘛。给我看一下。”伍珊没有什么兴趣，但这天，突然想到了什么，她就反手把胸罩解开了。班长把脑袋钻进她的毛衣和衬衣里面，开始没声息，后面就跟猪一样“呼噜呼噜”拱起来。

隔着衣服，伍珊轻轻抚摸着怀里的这颗脑袋。半天，伍珊不耐烦起来，说，喂，给我摸摸。班长钻出来，什么。“给我摸摸你那儿。”班长吓了一跳，伍珊又说了好几遍，他才松开了裤子。伍珊上上下下摸了几遍那有点黏的一截肉，淡然缩回手，在裤子上蹭了蹭。等那颗脑袋清醒过来，伍珊说，诶，请我去吃寿司嘛。

那个晚上，站在莲蓬头下，伍珊看见胸脯长出了在丁小莉身上看见过的瘀斑。青紫色的一个个戳印，从皮肤上拱起。像是要呼应这些伤痕，乳头也无声地喊着疼。想起丁小莉身上那快要撑破皮肤的瘀斑，伍珊真的痛起来。热水顺着头顶冲下来，在皮肤上包裹出一层温热的襁褓，连带着冲走了眼泪、汗水和这个身体上新的旧的液体。

滚烫着的，她也曾把身体箍在周佳媛身上，不要走，求你。周佳媛任她箍了一会儿，没有掰开她的手，但身体松得像是散了架。她的身体外面包着好几层又贵又厚的衣服，一点温热没有。“苹果化了”自然消失了。但最后，注销了账号不再登录贴吧的，是“寂寞在季末”。

丁小莉拍门，砰砰砰，你要洗好久，水费电费不要钱哪。砰砰砰。伍珊，伍珊，听到没有，伍珊！

伍珊关了水，襁褓破开，水珠在皮肤上凝成一颗一颗水晶样的小圆球。她没有动，但只几秒钟，身体就冰得和这个屋子一样了。她高声对着门喊，丁小莉，去切你的猪耳朵嘛，你管我做什么！

门外面那个声音嘟囔了一句，嘿，你这个猪日的，老子不管你，老子不管你哪个管你。

伍珊本来想耸起鼻子叫两声，逗逗丁小莉。但不晓得为什么，她擦了擦鼻子上的水珠，没有发出声音来。猪鼻子也就褪了形，慢慢又还给她一张少女的脸。

烧画皮

第一次见到焦安白时，我不可能知道，我们之间会有非同寻常的关联，以及，我会在很长时间里都想念她，包括此时此刻。那时我二十出头，有一点儿钱，能买衣服买吃的，能出去旅游，但仅此而已，对生活懂得还不多。谈过两次恋爱，从倾心付出到分手断联不需要转换时间，这让我怀疑自己的精神是否健康。虽然还年轻，但我很少把问题推到别人身上，我琢磨自己，无论快乐还是痛苦，积极或是颓丧，只要我感受到的，我都愿意花时间精力去想。这可能是后来我能写作的原因之一。但那时候，我还没想过自己会以写作为生，从没认真想过。我给报纸杂志和网站写东西挣钱，但我不觉得它跟真的写作有什么关系，如果我从小到大读的那些名著被时间验证了是写作的话。我对现实中的作家缺乏热情，不会因能靠近他们说几句话或者坐在一起吃个饭，就获得顿悟或者感到振奋。我知道我的渴望在埋得更深的地方，不能以这样的方式得到满足。

我读哲学书，了解宗教，在看待自己的精神需求，尤其是不能明确用语言和文字表达出的部分时，都能宽宥。这些说不清道不明的暗涌，有时会外化，会主导行动。比如我决定去N城就是。那里没有我的朋友，也没有亲戚，虽然坐飞机从广州过去只要一个多小时，但我从没去过。找旅游公司办好商务签，确认银行卡账户余额后我就出发了。甚至没有提前看看电子地图。

这不是我第一次偶发的旅途，也不是第一次一个人的旅途，但跟以往不同，这次我不打算观光，也不准备了解这个城市。我只想在那儿住下，甚至住多久也没来得及想。或者说，在第一次抵达以前，我早已学习、了解、想象N城很多年了。

我订的住处在诏安街往西内进的一条巷子里，这条巷子里多是两三层高的独栋民居，有的带院子，有的没有。我住的那栋房子有些年头了，修的时候不知用的什么建材，夜愈深，贴着床的空调外机愈响，声音从墙体和空气中双管传导，像睡在飞机涡轮上。房子一楼采光很差，白天也需开灯，地板却光洁清凉，老旧的水磨石散发微光，房东在大门上贴了字条“入内请脱鞋”，我也就光着脚踩地板，一开始像学步，很快就找到了新的平衡感。厨房是老制式，水泥砌的大水槽，白炽灯泡沿着电线悬吊而下，一人在内有时转身也会碰倒东西。这房子里有许多没用的旧物件，水缸、书架子、吊扇，我都用不上，但暗绿色的纱窗、漆成橄榄绿的木质百叶窗让眼睛安稳。除了我，偶有其他房客，他们一大早就出门观光，夜深了才回来，有的会给我带宵夜，有的不会。而我，白天，尤其是上午十点到下午三点之间，都在屋子里躲太阳，如果外出，一般是在早上六点，或者傍晚四五点。我跟这房子一起待的时间越多，以这个房子为圆心出去晃荡的次数越多，对方圆三千米之内的布局和空间越是熟悉，整个人、整个身体就越沉静，看不见的城市与我体验的这座城市逐渐融合，变得更真实。

全岛大停电的那个晚上，跟平常一样，我傍晚时分出门。从住处推门而出，往北走五分钟，经中华路二段，就会到南机场夜市，废弃的军用机场改建成这座城市里最常见的半露天市场。而往南走，途经凉面店、意面店、理发店之后，会经过青年公园、社区中心。这天我选后面一条路线。风摇动树，吹起女人烫过的蓬松卷发和丝质裙摆，前面就是淡水河了。我沿着河往前走，一直往前，没什么理由，只是想让自己一直走，不要停下来。有些路段极荒凉，水边长满芦苇和不知名的植物，偶有牵狗的人擦肩而过，能看见对岸零星的高楼。河水浑浊，我行进的方向与河流动的方向相逆，风景有时被桥、道路或建筑截断，更多时候只是服从于河。我有心事，似乎想了很多，但又好像什么也没想。直到一座低矮的、几乎半埋在地下或者像从泥土里钻出的神龛挡在路中，我决定折返。天慢慢黑下来，我放弃河边的步道，走到沿河而建的公路上去，摩托车多过汽车，噪音震天，街道丑陋，路过玻璃店、五金店连缀成片的街区时，我停下来买一支水[1]，再继续往前。我不会骑摩托，没法像本地居民那样风驰电掣地掠过或者浓缩热带风景，但也不想坐车，车窗玻璃会让我错失许多。天阴下来，像要转雨，加上黄昏时光线渐次耗散，我融入雾般的氛围里，对这个城市陌生而乏味的一面开始失去耐心。

1 一支水，粤语中的说法，即一瓶水。

就在我接近所住街区的边缘时，“咚”的一声，天空中伸出一只大手打了个响指，所有的光消失了。

后来，新闻播报、匆匆赶来与我碰面的房东意儒，以及更多的信息与意外，才拼组出此刻的事实，需要此刻后的十二小时甚至二十四小时的回溯，我才知道这是一次事故引发的全岛大停电。停电的两个多小时内，全然黑暗，如果没有置身其中，看到人、车、狗、植物全变成难以分辨差别的团团黑影，短暂地失去空间、时间甚至重力，恐惧而后轻松，甚至极大自由，那么，我便不能更好地记住我见到焦安白的那一瞬，不会记得那么清，记得那么牢。

我用手机做光源，凭记忆、凭直觉走回诏安街，一路有时因惊惧走得极快，又因同样的惊惧触发警觉而走得极慢。等真的走到时，已精疲力尽。一入内巷，密密麻麻的黑影叠加在浅层的、夜本身的黑暗之上。整条巷子的居民都跑了出来，无处可去，簇集在鸦群麇集般的夜里，他们的身体发出热量，虽不及靠近却可凭本能感知是同类。我走过去，视力渐渐调整，看清一张张面孔和他们身体的轮廓。有人递东西给我，圆柱体，我摸着看，脸凑近再看，是根蜡烛。那人挨个儿分发，有人喊他“里长”。有人帮我点燃蜡烛。我擎着蜡烛站了会儿，慢慢离开他们，走得远一点，想看清楚些。离人群足够远，但又没真的脱离他们，这让我觉得安全。我吹灭手里的蜡烛。奇怪地，巷子的另一头，跟我对角线的位置，也独自站着一个人。不同的是，她的蜡烛在手里燃着，烛焰摇摆，光影精细地雕刻出她的五官。她的样子让我觉得熟悉，像是见过。但她举手投足划出的弧线，背脊与头颈自然而然的挺拔态势，又让我觉得不可能认识。要么长期跳舞，要么是明星，才会有那种体态。某刻，我有点高兴自己吹熄了蜡烛。这样，我完全不会打扰她，也才可能真的看见她。

三天后，我将再次见到焦安白。这一次，我们真的认识了。

跟她那个年代的很多作家一样，焦安白是笔名。当我在急诊室看到她，再看一眼她头顶半米处的输液瓶和名牌时，看到的是她的本名李原。无论本名还是笔名，都是难以分辨性别的名字，很难跟眼前这个女人联系起来。

好一阵，她只是坐着不动，右手搭在椅子扶手上，液体一点一滴坠落，流入她白皙手腕上的蓝色静脉。我坐在她十一点钟方向的位子上，扎的是左手，这让我有充足的理由把头往左侧，朝向她那边。这样过了一会儿，我有了主意。我把液体调快，再调快，直到血管甚至整个胳膊都痛起来才停止。

一个小时后，我在急诊室外的花圃前已经等了一会儿，隔着玻璃看到她举手让护士拔针，于是迅速走到泊车道边站定。我已经知道她是谁了。在调快输液器的同时，我想起了高中时买的一本书，书上印了作者一张不甚清晰的照片。从高二到高三，那本叫《梨》的书我读了大概十几遍。说不上哪里好，那时候我只觉得这本书吸引我、安抚我，作者想的跟别的人不一样。书脊上、照片底下都有作者的名字：焦安白。那不是她最好的书，后来我读过好些本她其他的书，也读过不少跟她年代相同相近的其他男女作家的书，却无论如何忘不了这一本。我以为她一直住在国外，也许她也确实是，所以这次有误认的可能，但没理由地，我决定试试。

我说，你好，停电那天我们见过。我住在诏安街。

她抬头看看我，说，我记得你，你把蜡烛吹灭了。

我不知道该接什么，愣着看她。

她问，要回去吗?

我点点头。

就这样，难以判断在我的观察和行动之前，她已经觉察到了多少。我们并排坐在出租车后排，我有点生气，像小孩子恶作剧却提前被拆穿了，于是不说话。

司机是个话多的中年人，自顾自说着诏安街街口有家鲜榨西瓜汁铺，这天气喝一杯正合适，又跟她搭话，说自己也有个女儿，天天把自己关在房间里，出来只是吃饭，还臭脸，这养小孩啊，跟养个讨债鬼没两样。

她说，对啊，你看我女儿跟我像不像?

司机从观后镜里打量我俩，说，女儿像妈妈没福气，你女儿好福气呢。

她笑了，说，我也这么想。

她让司机在果汁铺前面停车，我要付钱，她阻止了。下车后，我站在路边，隔一点距离看她跟果汁铺老板娘说话。她提着两杯半升装的西瓜汁走向我，递一杯给我。我提着西瓜汁，走在正午的太阳下，有些沮丧。我根本不知道眼前的是个什么样的人。

我不能喝西瓜汁，肠胃炎还没好，我说。

给你朋友喝，她说。

我一个人住。

那房子不是民宿吗?

今晚没客人。我停下脚步，说，你跟司机说，你是我妈。

他不会相信的。

你把他当 NPC。

NPC？

游戏里面的工具人。

啊，这样啊，她想了想说，好玩吗?

这下问住我了，我仔细想了想，只好老实答道，有一秒，我想接着你的话说，别再提我爸了。

她笑了。

我突然轻松了，说不上为什么。

我俩一人提一杯西瓜汁，晃动手臂，在热烈的阳光下走回家。她让我想起某个我失去了的人，或者某部分被遗忘的自己。

我说，我有时候会忘了，比如，发型师问我贵姓啊，我说姓王，过了会儿他喊我王小姐，我却忘记自己跟他说我姓王了。真是烦恼啊。

啊，她轻轻扬起声线道，那你姓什么呢？

不姓王。

哪位姓王的小姐让你想冒充呢？

就是没有哪位王小姐值得我冒充，所以我才连个编出来的姓都记不住。

如果刚才你扮我女儿呢？

应该能编下去。

啊，不是编。

不是编是什么？

是想象。

为什么要对陌生人讲故事啊？

她笑了，说，啊，为了听对方的故事吧！

我笑了，停了几秒说，我以为我这种癖好不太对。

怎么会呢，她说，什么是对呢？

这样走着，聊着，我又快乐起来，甚至被激起了一点好胜心。先路过我的住处，我问她，我们还会见面吗？

她说，周三和周五以外都行。

我听见自己说“好”。

当晚，我从网上下载了焦安白的几本书，读到快天亮。

重读让我意识到，高中时我只读懂了一部分，她的幽默感和讽刺才能，需要视野、知识和阅历才能抓住，而一旦抓住就有一种推杯换盏的愉悦。我印象中她跟其他人都不同的地方，小时候说不出来是什么，这时看得清晰些了，在她之前，在她之外，没人把这些事、这样的事玩笑一般讲出来，不轻也不重，像有把钥匙插进匙孔，咔哒一声解开了隐形的手铐，绝望与慈悲都恰到好处。她的成名作叫《梨》，是她三十八岁时发表的。发表后连着拿了几个奖，一位作家们都敬重的大作家是评委之一，他对《梨》的评语是："那样生活，那样会话，那样体验着性，它轻轻地浮在一个潮流的泡沫之上，可以说它轻轻触摸着时代思潮的一端。"

故事背景在20世纪60年代的美国，一群三十出头的人，族裔各异，有男有女，有教授、工程师、文学评论家、天体物理学家、牧师、瑜伽教练、过气美人，还有故事的叙事者及主角梨，一名艺术系学生、专职太太。不难推测，这篇小说就是那时焦安白生活的局部及艺术加工。一群关系像浮云的人聚合在一起共度周末，他们之间有交错的性关系，却更像一个乌托邦大家庭。结尾处，小说的主人公梨在通宵派对后走出家门，草坪上露水簇密，她光脚踩上去，在拂晓的薄雾中与路过的送报纸少年翩翩起舞，再回到家里，在熟睡中的丈夫额头落下一个吻，丈夫睁开眼，原来他一直不曾睡着，像已预知，抑或是在等待。

焦安白笔下的人物总是在绝望的刹那又生出希望，或者说清朗强韧的生命力源源不绝，近乎奇迹。但现实中，焦安白更像一个谜。关于她的生活有许多传言，不少跟她的小说混为一谈，久了后更难以分辨真真假假。

比如，如果在网上搜索“焦安白语录”，以下两句价值几乎两极的话会同时出现：

> 丈夫出轨的话，就捅死他。但是，给孩子自由吧。
>
> 婚姻乏味的话，加速成长总没错。

有的作家，你读他的书越多，就越能接近他，至少越能接近他在书中暴露或创造的那个自我。但焦安白，读一本，读两本，或者读完全集，你仍不能确定她到底是个什么样的人。她的早期和晚期风格几乎断裂，不像是同一个人。早期那个在不同文明间穿梭，以异常敏锐的眼光观察人类的作家，到了晚期却回归古典与本土，对自我书写及其变种不再感冒，甚至不再有一本书以人类为主角。也有一个甚少被提及的中期，那是20世纪80年代，焦安白从美国回来，作为她标志的幻想风格、诗的文体被急进的精神掩盖，她参与许多社会思潮的普及推广与具体运动，比如绿色环保、性少数群体、家庭暴力、自闭症儿童、失学女童。那段时间她小说写得很少，仅有的几篇也反响平平。

她的父亲，一位左翼作家、学者，在80年代末去世后，焦安白再度赴美。与外界的揣测不同，焦安白直飞阿拉斯加。那是她二十几岁时嫁给丈夫潘利雄，一位生物化学工程师后定居的地方。此前潘利雄虽没有跟焦安白一起回国长居，但跟许多夫妇不同，几年短暂分别之后，他们回归共同生活。

我趴在电脑前，身体已经很累了，脑子却很亢奋。有很多事我想问她，关于写小说，关于诗歌，关于舞蹈，关于戏剧，关于阿拉斯加的海洋、森林和鱼类，关于爱情，关于婚姻（如果我以后会有的话），关于女性的身体和感官，关于性，关于超自然。

我把她的一份自我介绍反复读了许多遍。那是她20世纪 70 年代在台湾一所女子高中演讲时被记录下来的语段，不是正儿八经的履历，却带着她的语气。比如一开场，她说，1930 年，我在上海出生。父亲投身革命，我七岁时才第一次见到他。由于父母的工作性质特殊，我不得不到处转学，到中学毕业时，我已经转了十多次学。

这些求学阶段的事实说完，甚至还没来得及说完，她淡淡转折，说，我喜欢学习，但不喜欢学校，反抗得最厉害的一次，差点被劝告退学。反叛少女并不少见，但十几岁时喜欢什么不喜欢什么，喜欢化妆还是幻想，这就不同了。她的说法是，她中学时开始写诗，喜欢读波德莱尔、T. S. 艾略特，也喜欢读左拉、莫泊桑。最喜欢契诃夫，因为他，她幻想成为一名女演员。

为了这幻想、这理想，她清早起来练功、压腿、倒立，训练身段，也吊嗓、唱曲。但她的理想无法实现，父亲不允许，战争时局不允许。她逃离家庭的办法是嫁人。她结婚时，女同学们正准备上大学，而她才十八岁。结婚后，她随丈夫赴美。丈夫读书，她主要做太太，后来也读书，在威斯康星州立大学读戏剧，在华盛顿州立大学学美术。讲到这里，她几乎像她笔下的人物那样调侃自己道，做人太太难免装模作样，说没有意义的话。美术和戏剧都不能完全满足她，她开始写小说。

1968 年，她三十八岁，写出了《梨》。跟她之前默默无闻的两篇小说不同，这篇小说给她带来了好运气，出乎意料地大受欢迎。她直白地说，文学界的认可让她声名大噪，从此走上写作之路。

我合上电脑，只有一个念头：现在是周三早上五点十五分，离周四还有十多个小时。

出门前我用冷水洗了脸，反复考虑后穿了衬衫牛仔裤。这不是个好主意，虽然宽松的衬衫和牛仔裤完全掩盖了身体的曲线，显得中性、利落，但从我的住处走到焦安白的房子，不到五十米的距离，我的后背已经汗湿了。周四下午三点，我等到手表的指针刚好走到位，伸出食指，按响门铃。开门的是个男人。我不知道怎么办才好。他称呼我郭小姐，后退一步让我进院子，再领着我往楼上去。我紧盯他的后背、衣裤，过于好奇，过于紧张，以至于上楼看见焦安白后，完全忘记了我准备好的问候语和开场白。她介绍道，这位是 N 大英文系的教授褚伟廉，她这次来 N

城，在N大中文系、英文系都做讲座，只是课程不同，在中文系讲现代小说，在英文系讲现代诗歌，诗歌部分的讲义在褚教授的帮助下会结成集子出版。她滔滔不绝，像是知道说什么我都会感兴趣，都会认真听。褚教授不说话，只微笑看着她说。

突然，她像是累了，或是别的什么，手里不再摆弄茶具，声音也兀地断掉，只静静看我，过了半晌才问我喜不喜欢英文现代诗。我老实答读得不多。她问那中文现代诗呢。我说喜欢《野草》，也喜欢穆旦的几首诗。她说她最喜欢诗，如果可以，想一辈子写诗，只写诗。

褚教授给她斟一杯茶，然后起身对我说，郭小姐，你们慢慢聊，系里有点事，我得回学校一趟，改天再聚。

他走了后，我琢磨这位长辈对我的态度，脱口而出一句，他是你的追求者吗？

焦安白笑了。

我直觉判断是，我说。

她把添了新茶的茶杯放到我面前，说，我们是朋友了。

朋友？

能跟我做朋友的，我都很珍惜。

我不太懂这句话是什么意思，于是不再说。过了会儿，我问她为什么会住在这里。她说是朋友空置的房子，只要来N城，她都借住于此。她女儿在纽约，做建筑设计师。此外，她跟丈夫（她称呼他潘先生）也去美东，有时为了工作，有时为了旅游。那么国内呢？我问。她说也去的，去北京、上海、甘肃。她说自己不喜欢讲课，多少道貌岸然，也不喜欢课后跟学生相处，怕他们太听信了她的话，误入歧途。说到这里，她很大声地笑了。她的笑容让人难忘，以唇珠为起点向整个脸颊扩散、推开，面部肌肉平展，像靛蓝色幽深背景里一颗白色花苞猛地伸展开自己所有的花瓣，全然展露，花瓣推动产生的磁力与振动在空气中久久不散。

我愣了一下，不想自己显得很呆，随口跟她说起这个街区，废弃机场、夜市、河流、公园、旧民宅和风化区合构而出的奇妙空间。

她站起来说，不如出去走走，我们一起去走走。

她换上蓝色背心、卡其色短裤，像女童子军。我于是脱了衬衫，只穿着可外穿的吊带内衣走进炽热的阳光里。

她领我钻进一条偏僻的内巷，此前我从没走过。巷口在社区花园和一栋低矮的日式木屋之间，灌木枝丫蹿高，遮掩了幽深的入口。绕过灌木丛，踩几步沙土地面，就踏入了水泥铺地的巷子。起初，这巷子看起来像是民宅修建多年自然而然挤出来的通道，两侧不是围墙就是紧闭的大门，但越往前走，光线慢慢消失，抬头一看发现有顶棚，只是年久失修，加上亚热带的气候作祟，植物、青苔与藻类过度繁衍，让顶棚变成了深绿色，完全遮挡住光线，成了一条甬道。就在光线愈加昏暗，所见近于无聊时，上一道小斜坡，巷子连通了一个人声鼎沸的市场。

一般的市场都呈方形或圆形，总之摊档纵横排布，方便顾客省时省力采买，但这市场只有一个行进方向，就是纵向。通道两边是规整的摊档，每家都点着光亮无比的白炽灯，灯泡外是市场通用、可增加食物色泽的红色灯罩。无声无息地，我俩乘一叶扁舟行进在红色灯盏连缀而成的河道中，她坐船首，我坐船尾。我们不说话，偶尔停下来看一看，比如生鸡档整整齐齐码垛的三黄鸡、竹丝鸡之后一个浓妆而明眸善睐的老板娘，或者混合了晒干药草芳香与正在熬煮的青草茶飘散的苦涩味道的青草铺。她不停，我也就不停，仿佛周围鼎沸的人声只是特许的背景音，而我们路过这里，只是为了前方。我随手用手机拍照，屏幕从身体左侧移到右侧，又从右侧移到左侧，直至镜头追随她的背影。奇怪的是，她明明穿的是短裤，两腿行进却像带动空气做的裙摆，激起飘逸的薄雾，我按下快门。渐渐地，沿途摊档招牌上的汉字挣脱、飘浮，它们字体敦厚，密密麻麻，大小不一，形制规整，舞动肆意。跟往常一样，只要在有字的地方，我再慌张也能扶着这些部首与偏旁，待它们结成隐形流动的墙，我倚靠上去，慢慢也就镇定下来。

很难说我们这样走了多久，我只觉得缓慢而漫长，等终于走到了市场的尽头，我深吸一口气，光线、气味、声响织成的幕布瞬间撤换，我们站在一条横向小马路边，树木高大繁茂，绿色统治的路面上金色光线从树叶之间旋级而下。我伸手接住一片光斑。马路对面是阔大的运动场，跑动的少年们扬起红色的粉尘与我手心的光斑共振。

我轻轻啊了一声，像惊叹。

她扭头看我一眼，快步走向运动场。

我避开车流，紧步跟上。

少年们不像在跟棒球游戏，而像在拉扯风。他们的身体上绑着隐形的绳索，跑动不过是为了牵引风的流动。

球向我们这边飞来。我手眼不协调，准备躲，她却跑几步迎上去，半蹲着身子接球。球“噗”的一声掉在她手中。她转身，把球交给我。

我愣了一下，咬咬牙，用力将球掷出。

棒球在红色球场与蓝色天空之间划出漂亮的抛物线。又是“噗”的一声，少年接住球，手碰了碰头，向我们敬礼致意。

两声噗像音阶与音阶之间的休止符，似乎此前我们漫长的行进都只是前奏，只为了来到这里，从奔跑的少年手中接住一个球，传给身边人，再用力回掷。没法解释我怎么做到的，如何瞄准，如何躬身，右臂如何带动上半身用力抛出，我从不这么做，我以为我不能的。

我胸口堵住的地方突然有了一个小小的气孔。不知道是怕自己漏气，还是怕被不属于我的气体淹没，我捂住那地方，食指摁住气孔。我很想告诉她一切，但又觉得无从说起，只听到自己说了句:“你相信驯服吗，你被驯服过吗？”

“小王子和玫瑰吗？”

“嗯。”

“王子的话，我更喜欢王尔德写的王子。一颗铅做的心。”

“铅做的心也会裂成两半。”

“然后他就可以快乐地融化了。所以是快乐王子。”

“快乐吗？他失去了眼睛，心破成两半，最后被人推倒。”

“燕子懂他啊，燕子理解他。”

“这算是爱吗？”

“是不是爱，能不能叫作爱，有什么关系呢。”

“有时候我觉得自己什么也不明白。很多事发生了，我努力想弄清楚，可我越努力，就越弄不清楚。”

“那也许就有一点接近爱了吧。”

“是吗？”

她停顿一下，然后说：“我越来越不知道。这不是你的问题。这不是一个问题。”

“什么才是问题？”

“问题也许不重要，重要的是感受。你没法绕过过程。有下次吗，也许有，也许不会有。但怎样都好，你比之前多了解了一点自己。”

“有时候我恐惧了解自己。”

“哈，想听点带劲的吗？”她掏烟出来，在大风里费劲点燃。

我看着她点头。

“桑顿·怀尔德写过一段台词。男主角说，我爱你。女主角说，我说的是永远！永远！这里面有个二律背反，笃信永恒的人、渴望永恒的人，以及永恒不可能在任何一个作为对象的人身上实现。”

“因为人都是会死的？”

“如果一开始就看到尽头，奔着死亡而去，年轻的天真的爱人们啊，还会愿意吗？会一直愿意吗？”

“所以罗密欧与朱丽叶必须死。”

“但怎么说，有一天，有一刻，你会发现你体内的太阳系、银河系，你体内的恒定宇宙。”

说完她扔掉烟，踩灭，转头对我说：“我是不是太说教了？年纪大了老管不住自己，这点不好。”然后笑了。

落日余晖中，我们一人踩一辆市政单车回家。等红灯时，我停下来，单脚撑地回头看她。

她双手放开龙头，做了个拥抱太阳的姿势。

太阳就在她身后，很快就要掉落直至消失，红得很温柔。

光从她身体的边界线之外扑向我，照拂我，部分光被她阻挡了、吸收了，但并不妨碍，我们都拥有整个太阳。

晚上，房东意儒来察看房子的状况、换床单，明天会来新房客。我坐在院子里的石阶上发呆。夜八点，灯火通明。意儒的脚掌嗒嗒嗒在屋内踩出些声响。我“啪”的一声合掌，打一只蚊子。院子里杂七杂八种了十来盆植物，夜愈深，香味愈浓。意儒哗哗拉动纱窗，走出来，端一个陶土盆放在我边上，又从洗衣机旁边掏出个半米见方的大纸盒，手伸进去抓了把枯草样的东西出来。枯草塞进陶盆里，意儒点火，烟闷着燃起来。

“这是什么？”我问。

“艾草。”

“蚊子没死我先熏死了。”

意儒瞪我一眼。

“这巷子里住了那么多人，真没想到。”

“对呀。”

“我认识了一个特别有意思的邻居。”

“男的女的？”

“女的。”

“怎么个有意思法？”

“原来我已经认识她很久很久了。”

“喊。”

“怎么？”

“说人话。”

“原来我翻来覆去想不通，只是因为在别人的故事里找不到我自己的故事。”

“要死啊你。说人话。”

“我有感觉了。”

“呦。”

“我觉得我要好了。”

“那要不要跟我去联谊？”

“现在不太想认识人。”

意儒笑了：“我不信。”

“我也不信。”我也笑了。

意儒走了后，我掏出手机，看着界面上那条已经打出来但没有发送的信息。说想念是容易的，可说出想念后，是什么呢。记忆的碎片闪着荧光，忽明忽灭，我双手合拢，像拍蚊子一样想要扑灭它。就在我的手掌手臂带出轻微的气流时，我突然看到混合了记忆、想象的他的样子。我伸出食指，空气带电。我画那轮廓。线条花火般噼啪闪动，流动的情绪近乎哀悼。失去是什么呢，如果他的轮廓上长出虚构的羽翼。是米开朗琪罗让亚当的指尖在穹宇中伸出，是若干世代后宇航员在失重的太空中彼此轻轻碰撞后脱离，是告别，是断续的永续。旧的记忆中生出新的想象，我知道，我开始重构他，或者说，他开始以虚构的形式存在于我的身体里。也就不再有别离。我开始真的爱他。

那天晚上我没怎么睡，三点钟醒了后，到一楼坐了坐，打开电脑，写下了我的第一篇小说。

我和焦安白一起度过了我二十五岁最快乐的一个月，夸张一点说，是我二十到三十岁阶段最快乐的一个月。最初那些我想问她的问题，好像问了，又好像没怎么问，大部分时间里，我们都在玩。玩不是目的，而是做着什么事，突然就玩起来，然后就从日历上划走一天。比如，原本她让我读伊丽莎白·毕肖普的诗，我就拿着读，读出声音来。突然她想起一首杜诗，就吟诵起来。我从没听人这么自然而然地吟诵古诗，完全不需要情境，也不是表演，就是她感觉的一部分，于是我跟着她的声线遁入徐徐打开的卷轴与青绿山水之中，直到“雄剑鸣开匣，群书满系船”。偶尔，我会问她该读什么书，她提点几句，但更赞成我去遇，人遇见书，亦是书遇见人。我每天都去找她。周三和周五，她要去N大上课，我就坐在门口等。我还年轻，有大把时间可以拿来等待，拿来无所事事。跟她这个人相比，她的日常生活并没有引发我太多好奇，她的衣服、鞋子、首饰不少，但看得出都是经年积累下来的，尤其是一只绿宝石戒指和成套的耳环，不是现在的工艺和款式。她对生活是讲究的，尤其喜欢午后三时的点心与红茶，但更多只是一种旧日的记忆与习惯。她谈起父母、家庭与旧时日，都只轻轻带过，并不怀旧，更不炫耀，说起她家在上海黄浦区的旧宅时，轻轻说了句，已经不是自家房子了，也不曾回去了。我们只在谈到简·奥斯汀时会谈到钱。她说奥斯汀妙语多，像带电的梭子，把现实的可笑织在一起迸出智慧的火花，比如这句：世上漂亮女子虽多，可没有那么多有钱的男人来支配她们。

某天，我买了酒带去，她让阿姨蒸螃蟹下酒，在座的还有七八位她的朋友。吃着吃着，她说要行酒令，翻翻拣拣，找出一套十二金钗酒令牌，于是众乐乐。她的朋友都比我年长，但我不觉得跟他们待在一起不自在，相反，他们身上往往冒出饱经世事后的天真，真切得动人。酒过三巡，物理学家冯先生起身唱昆曲，“是那处曾相见，相看俨然，早难道这好处相逢无一言”。坐我对面的褚教授脸上带笑，可眼角无声无息滑下一滴泪。他不遮挡，也不擦拭，任泪水在他的面颊上留下蜗牛爬痕般亮晶晶的痕迹。

至后半夜，一群人闹哄哄拥进院子里，要折花枝祭月。以月为誓，以月为鉴，各人祭奠各人的心事。歌声、笑声、言语声中，我看到焦安白独自走开，轻轻上楼。我犹豫了一下，没有跟上去。不知怎地，我想起《梨》的结尾，梨在通宵派对后走出家门，草坪上露水簇密，她光脚踩上去。我忽然觉得，这一幕也许真的在她身上发生过，此刻接近重演。只不过，并没有送报纸的少年加入，只是她一人，独享清晨的空气与淡蓝色的晨曦，快快乐乐跳了一支舞。梨的存在，让她更真实了。我可以透过梨去触碰到她。很难说是她创造出了梨让她变得更具体，还是梨的存在让我可以更好地去想象她，理解她。我想起几天前，她领我进屋子里我从没进过的一个房间。是她的画室。靠窗的画架上搁着一幅画了大半的自画像，是她。她说她差不多每年都画一张自画像。我问为什么，她没回答。画像里是她，又不完全是她，某种程度上不像她，但又更接近我感觉到的她。忽然，她轻轻说了声，最紧要的不过是，去切近真，在这个过程里，就知道何以为生。我没抬头，不知为何心中震动。

第二天是周三，我买了束蓝白混杂的鸢尾花放在她门口。放下时我又想起什么，从背包里掏笔记本出来，写一张字条夹在花簇中。我写的是：我知道为什么你说你的书斋叫“真真国”了。昨晚的月亮是真还是假呢。然后画一个笑脸。

当晚，我跟意儒去联谊，闹哄哄的居酒屋里，十几个二十几岁的男女挤在长条桌两侧，我于是也没心没肺做一个喝啤酒就快乐的年轻人。手机震动，我收到焦安白的电子邮件。她写道：假作真时真亦假，but let us live while yet we may。[1] 笑脸，笑脸。我把这句子反复读了许多遍，前半

1 后半句意为“但让我们趁还有机会活着”。

句我知道出处，后半句呢，搜了一下，也不是平白出现的，来自 T. S. 艾略特的《歌》。我很高兴地又喝了很多啤酒，躺倒在榻榻米上，天花板变得明晃晃的，可以穿透它直视宇宙群星。

意儒靠近我，她的脸慢慢放大，我听见她说，你在傻笑什么。我说，真好啊。什么？我把她拉得更近，猛地大声说，真好啊！她捶我一拳，吼道，疯子，耳朵要聋了。

接下来的几天，我没有告诉焦安白我晚上几乎不睡觉，一直在写小说，虽然我不知道我写的算不算小说。总之我写啊写，像对着一个想象中最要好的朋友在说话。她跟着我一起笑，再一起哭。我跟她说的，是时间冲刷下化石般美丽的骨骼，由记忆和情感结晶而成。恐惧消失了，我甚至想不起恐惧是什么。直到我终于写完了，她也沉默地听完了，我们握了握手，可以向前走了。

之后的几年，我没再写小说。工作尚可，生活尚可，爱情尚可，我找不到有什么非得通过写小说才能表达的东西。我没告诉焦安白我写过小说，也就无从谈放弃。跟她写电子邮件时，多谈生活小事。我知道她喜欢收圣诞贺卡，每年圣诞前夕把世界各地的朋友们寄去的贺卡串起来挂在客厅里，像彩旗。但不知怎的，我没寄过。一年，电子邮箱有了电子贺卡，我在圣诞前夕给她发送过去，收到回复说，春天她要去马来西亚讲课，让我有机会来玩，信末她说，广州离那边很近的呀。

我不知该不该去。有点怕自己已经不像几年前那么有趣了。我马上就要三十岁，不知道该不该恐惧，不知道该不该对拥有的东西心怀感激，还是该对没有拥有的东西抱有渴望。我听越来越多的古典乐和爵士乐，不再听流行音乐，很少听电子音乐。我学会了做饭，能照顾自己。我的感情生活与性生活都日趋稳定。这些是看得见也说得清的部分，生活里的其他部分，某些部分，那些晃动的暗影与午夜闪回，熠动着神秘浮现又消失的东西，我讲不清是什么，只察觉到存在本身，无法扑灭。我开始明白不写作也是一种抵抗，在你知道自己有写作能力的前提下。偶尔，我会想起焦安白，在下班高峰期跟几十上百人一起匆匆走过绿灯亮起的人行道时，在路过号称以最新科技研发的医学整形手术灯箱广告牌时，在爆炸性新闻发生后看了一整天冗余信息后。我想起那个从她的住处走路去棒球场的下午，想起棒球在我手里的重量以及抛掷出去时的轻松，想起我们路过与错失的风景，想起她说了但没有被我写进日记里的话。那时候我还不明白。她在棒球场边上抽烟，狠狠说了一通关于爱的见解后，最后说，什么是浪漫？罗曼蒂克的爱，是不是爱？这种话，当时我怎么能明白。

下飞机，取到行李后，我在洗漱间里折腾了很久，突然对自己的外表有些怀疑，我试着让头发蓬一点，再顺服一点，口红浅一点，再深一点。直到她打电话来，说一直没看到我出来，是不是错过了？

我们在人来人往的通道上拥抱。一位白发男子走到她身边。这就是潘先生了，焦安白的丈夫，她最忠实的朋友。停顿几秒，我伸出双臂拥抱潘先生，像是我们已经认识很久了。

焦安白没有坐副驾位，而是和我一起坐后排。潘先生开车，热情地参与我们的谈话。热带的植物、带甜味的空气从车窗涌入，外部的大世界与车内的小世界兼容并存，我所有的疑虑都消失了，只觉得此刻永久。

他们询问我的意见，商量接下来几天的安排，上海话夹杂英文、普通话，子弹般密集发出。两人语速都极快，许多话只开了头，对方就已领会，又像烟花般轰然炸出诸多话语的岔道，但对方瞬间就能牵住点火的引线。我有点被他们之间交流的方式迷住，又很高兴能成为他们中的一分子。窗外，槟城的风景如此普通，像广东的旧梦。我想象着许多许多年前，远古时候，象群散漫步行，婆罗洲独有的动物们——大胡子猪、马来熊、合趾猿——隐匿丛林。戴胜惊飞，竖起华丽的羽冠。动物骨骼皮肤毛发的原始与健美，在空气中擦出变幻的色块。热带深处，我们仨跟此刻一样又不一样，是人类，但是更自然广大的人类。我松开趴在车窗上的双手，回身看他俩，时空重叠，接近梦的质地，却更真实。

当晚，我教他们打UNO牌，他俩很快学会，学会后欲罢不能，孩子般高喊UNO、UNO！直打到后半夜。

我睡在三间卧室中的一间，没有床架，床垫直接摆在地上。我的耳朵贴在床垫上，零落的脚步声渐渐静止，话语的声音循循变弱，直到他们各自关上房间的门，吱——呀——我沉入睡眠。

我们去升旗山。缆车载着人爬行，植被繁茂，枝叶啪啪啪打在车身上、玻璃上。潘先生穿衬衫，衬衫洗得有些褪色了，领子却还挺着，袖口卷起，衬衫外罩一件马夹，马夹的料子和做工都很考究。焦安白穿烟灰色棉罩衫、卡其色裙子、运动鞋，耳垂上晃着一对樱桃状的耳环。他俩很般配，我暗自想，但我又分明感觉到他俩之间流动着的余裕，似乎并不以对方为标的或圆心。比如，他俩一前一后坐着，并不挨在一起，但一只黑身白面的猴子掠过时，潘先生猛地回头让焦安白“快看！”，焦安白伸手扶住潘先生右边肩头，探起身子，两人低声笑了。我想起《梨》里，那位工程师丈夫着迷于收藏矿石，在他的收藏间里一待就是几小时。他话不多，可总在发现，通过研究那些晶体和色彩来发现奥秘。他不是故事的主角，甚至不是着墨多的配角，但他又伴随着故事的演进与发生，无处不在。他知道的，比小说里透露出的更多，或者说作者留白多，让他变成不那么容易猜透的人物，他常常笑，为一些小事情小东西而欣喜新奇，又对许多事视而不见，但在某一时刻，他睁开眼，温柔地注视。

伴着延续的温柔心情，我跟他们下缆车、爬山、漫步。遇见冰淇淋小推车时，潘先生给我买一个，给自己买一个，焦安白胃不好，她摆摆手。我的冰淇淋是草莓味，粉色，潘先生的冰淇淋蓝莓味，紫色。这明亮的色彩和甜蜜的味道，让山顶清冷的空气和绿色主导的世界变得轻盈了一点。快乐似乎有了见证，虽然它迅速融化，被吞下。

一条长长的步道在眼前展开。步道架在山谷之上，像桥，或者也可以说是一座特殊的桥。主轴是直线，但中点处扩展出双耳般的圆弧形观景台。路面深黑色，护栏雪白，山谷深绿。突然传来一阵白花的香气，不知是百合、晚香玉、鸡蛋花还是茉莉，也不见花朵，只知道是香水调香师通称为白花的那一类别植物独有的气息，初闻觉得清冽浓郁，吸入过多则开始发蒙，直至轻微眩晕，变成腐物甚至粪便的恶心味道。

像要挣脱一般，我快步向前，不约而同地，我们仨在步道或桥上小跑起来，步子带动身体和心，轻快起来。

我们在观景平台上呼哧带喘、叽叽喳喳说了会儿话，直到身体平静下来。

我任由他俩往前走，往前，再往前，直到我们之间隔出足够的距离后，用相机给他们的背影拍了张照片。

按下快门，我松了口气，雀跃着跑上前去，追赶他俩。快追上时，我停下来，轻手轻脚靠近，两只手同时伸出，一左一右，啪地拍在潘先生的右肩和焦安白的左肩上。潘先生转头，咧开嘴冲我笑笑，停下来不走了。焦安白的头轻轻拧动一下，但并没有转头，她继续往前走了。我觉得有些奇怪，更有莫名的不安。潘先生指指我的相机跟我说起话来，我们并肩走着说着，我很快也就不在意了。

夜里，潘先生拍门把我叫醒时，看起来比白天老了许多。我从行李箱里抓出护照，再把矿泉水、纸巾等往背包里塞，心太急，莫名其妙去压行李箱想让它闭合，右手三根手指被夹在箱子里，眼泪不受控制，猛地涌出，嘴里却一点声音发不出来。

救护车很快到了，大概是怕扰民，没有开警报喇叭，红蓝光闪烁，水波一样一阵阵淹过我、潘先生和担架上的焦安白。她躺着，眼睛半睁开，嘴唇泛白。我不确定此时还能不能触碰她，还能不能握住她的手，就只是靠近了蹲在担架旁，等救护车倒车。

我把脑袋靠近她的脑袋，第一次，我离她的身体这么近，却这么空，什么也感觉不到。

急诊室外，我和潘先生并肩坐着，对面是一对戴头纱的母女，女儿的头纱只包住头颈，整张脸露着，母亲则仅露出一双眼睛。她们在流泪，说我听不懂的语言。我不想哭，也不想说话，灯光并不强烈，我从眉心到太阳穴却刺痛得睁不开眼。

我不知道焦安白得过乳腺癌，做过手术，做过化疗。我试着想象这些是什么，把疼痛、手术和死亡的威胁叠加在她身上，或者说移植到我的身上。

她睡着了。不知医生是否给她注射了镇静剂或者强效止痛针，总之她睡着了。来了几名老师和学生，潘先生不肯回家休息，坚持让我回去睡一觉。

穿过蓝色水族馆一般的走廊，我走啊走，不知怎么回去的，整段记忆都失去了。

醒来时，猫咪在踩我的脸，我睁开眼，天还没亮，我坐到书桌边上，拧开台灯。几本书之间夹着一沓纸，我抽出来，看见焦安白用铅笔密密麻麻写的字，是她的手稿。她的字体小而圆，加之是方块字，一个个字就像草原上并排起伏的小房子。稍微凝一凝神，我就读进去了。像过往无数次读她和此后不会忘却地读她一样，我又清晰地听到她的声音了。她在开玩笑，在给驱蚊木浇水，在开门放猫咪出去玩，更重要的是，她在说话，说啊说，只要我读下去，她的声音就不中断。

活检结果出来后，基本确诊了，继发性骨癌，早年残存的癌细胞转移到了骨头上，所以她才说，肩膀好痛，怎么这么痛啊，痛得抬不起来了。

第一次，她只能坐在床上跟我谈话。她累了，她说太累了，为什么这么累呀。我给她读书，没挑选，只是我手机阅读器里在读的书《跟大象说话的人》："大象是威严的动物，它们既不是恶霸，也不是懦夫。我必须让它找回自我……它需要相信自己，相信自己是这荒野的主宰，知道自己值得尊重……不管见到的场景多么令人心痛，我们从不干预大自然的事情。"她睡着了。

走之前的那晚，我跟潘先生在餐桌前对坐。

我到达的那个晚上，第一次吃到焦安白做的菜，她做了一个汤，贻贝汤，加了酒，剩下的是潘先生做的，烤比目鱼、烤肠、蔬菜沙拉。

而此时，桌上只有我切的一盘香肠芝士冷盘和几片面包。

他吃不下，从柜子里取出一个木质小盒子，打开后，只见黑色金丝绒上放着一对杯子。他说这是锡打的杯子，当地特产，是一位英文系老师送的礼物。边说边把杯子放到我面前，他明明盯着杯子，却像是失明了，深红色的酒从杯子里满溢出来，流到桌面上。

我端起杯子一口气喝光了酒。指尖沾湿了，染成淡红色。

潘先生让我先走，他说你该干吗干吗，生活总要继续。

我问那你们呢。

他说，我带她回去，回阿拉斯加。

我伸手扶住杯子，说不出话。锡沁凉。

有时候我觉得，只要你带着乐观的心，和坚定的愿望，去诚恳地祈求，事情就会往你想要的方向转变。比如我养的绿植遭了虫害，我一边给它上药，一边对它说话，从小时候开始，我就相信，诚恳地说话能带来奇迹。绿植还是枯了，我继续查资料、换药、上药、浇水、跟它谈话，某天，枯枝一侧生出新叶来，全新的、柔美的绿。它像是挣扎过，终究放弃了无望的部分，寻找新的突破口，然后长成跟之前不同形状的植物。我看着它，有些疑惑眼前的还是不是同一株植物。它看起来不同了，根系还是原来的根系，植物也不能逃跑，还立在我给它配的陶土盆子里，但真的是吗？新的诞生后，旧的部分失落了。我继续学习绿植培护知识，明白要把枯枝修剪掉，甚至，在所有枝条、花蕾都欣欣向荣时，也需要剪枝、摘蕾。植物会长出比自身所能承受的更多的枝条、花蕾和果实，如若要保全它们，维系长久健康的生命，就要动手修剪。我知道这是我的本职、我的应该，我像对自己负责一样对自己的植物负责，但也开始明白失去的必然。绽放的瞬间，凝神看吧，簇绿的时候，不要忽视。那些瞬间就是它们本身。有些时候，通常是些不起眼的时刻，我惊觉自己站在生活的拐点，某个我从躯体中脱离出来，我伸手抓她，拉紧了，用力，不舍，她还是走了。我想她会回来，在我想不到的时候，以想不到的方式，等我的根须足够深，部分根须破土而出，部分根须垂吊在空气里，她就能以最喜欢的方式重回我的身体。

我决定写小说。后来我知道，总是这样，最需要的，不是时间、空间甚至物质准备，而是决心。我没来得及想该写什么、该怎么写，只是坐到书桌前开始写。我三十岁了。

丈夫从上海出差回来。他带回凯司令的栗子蛋糕，一双近粉色的紫色毛绒手套，还有一份融资合同。他想让我高兴，我也确实高兴，这些礼物，如果能说是礼物的话，虽然并不是我多想要的，但来自他，我都能接受。我点亮手机屏幕，打开他做的游戏，一个短发女孩从空中坠落。就像我们看了无数次的美剧《广告狂人》的片头那样，这个叫 Miko 的女孩跟唐纳德 · 德雷普一样，从高处缓缓坠落。唐纳德 · 德雷普是从 20 世纪 60 年代曼哈顿麦迪逊大道的顶楼开始坠楼，脸朝下。而 Miko 坠落的时空不明，她脸朝上，手臂和腿轻轻浮起，像水中的婴儿。Miko 像我，又不像我，但无论她有多像我或多不像我，她都不是我。她在游戏世界里变幻莫测，喜怒无常，让主角难以分辨，执意追索。我退出界面，点开苹果手机应用商店，看到几万条用户点评。他们爱 Miko。有人注意到了，这个叫 Miko 的女孩总是以背影、手或穿短裙的下半身进入镜头，从不展露全貌。也有人发现，Miko 没有五官，你可以任意脑补她的长相，她的眼睛，她的脸。

我们决定去看电影，庆祝我的生日，补过我三十岁的大生日。那之前，那之后，我都算不上喜欢诺兰。但那天，在黑漆漆的电影院里，我为《星际穿越》流的泪是真实的。回到家，我听着汉斯·季默给电影写的曲子《平原追逐》，反复读狄兰·托马斯的诗，直到把诗按自己的理解译了一遍："我祷告，求你用你激烈的泪咒诅我，庇佑我。/不要驯服地走进那黑夜。/忿怒，为光的濒死而忿怒。"狄兰·托马斯在诗里把人类分为四类：义人、智慧人、狂人和掘墓人。我匆匆回检自己和所了解的他人的人生，这四个面向不均质地分布在人的生命里。这四类人中，当黑暗覆盖下来时，在光消逝之前，只有两类人不驯服，智慧人和掘墓人。智慧人思考人类的终极，了解生命的必然，但无力抵抗，质疑终局的写法。掘墓人是诗人自况，是思考从子宫到坟墓的人类重大命题的人，他们太过靠近死亡，看到太多真相，于是像古已有之的书写者一样，像从弥尔顿到叶芝再到乔伊斯笔下的人物一样，他们的眼睛被光灼伤。

在《梨》里，眼睛的睁开、闭合是反复出现的动作及意象。梨说这样的话："我怀疑我看见的，都是不真实的。""眼泪不该是热的吗，我的泪怎么这么凉，还会割我的脸啊？""丈夫从显微镜前抬起身，眼神迷蒙，似乎需要反复对焦，才能看清眼前的梨。""梨知道她要看见真东西，得先闭上眼，这里面有魔法，真正的东西看不见。"

我翻开一本杂志，里面在连载焦安白最新的作品。癌症复发后她没法写字或打字，于是她口述，潘先生用电脑打出来。最开始她并不愿意，不想以这种日记般的方式写下自己，但她最要好的作家朋友、编辑朋友，竟不约而同地跟她说，对别人而言也许病中写作是折磨甚至是表演，但对她会是康复训练。她琢磨这是什么意思，又或者在太长的时间里，她没有把自己身上强韧的生命力当回事，旁人倒是看得清楚。但无论如何，她接受了这种想法，开始以口述的方式写作。

她说她讲话时会闭上眼，跟以往写作时需睁大眼睛仔细看字句在纸张或屏幕上涌现不同，现在她不再能使用自己的手和书写工具，而只依赖声音，她也就不需要再睁开眼了。她任凭声音与意识的不同层级相连，这种感觉神秘又新鲜，与落笔时胸腔里徘徊着气流直待找到匹配的字句不同，说出来，动用的部位更多些，舌连接骨，声音传导振动，血液与心脏响应。

此外，潘先生是她几十年来的最佳谈话对象，她听着键盘的敲击声，知道他在认真听着，在跟她一起推进，在行动，但时不时地，她会开始跟他谈话。她使用声音，也使用耳朵。于是，并非刻意地，这部作品里时不时地就会引入她对他说的内容，甚至直接插入他的话。这跟她以往所有作品都不同。以往她写下的书里，无论角色多还是少，是众声喧哗还是喁喁独语，读者总能触摸到这些人物背后作者独一的、明晰的意志力，她把自身灌注进去，消融、分解又创造。而现在，她自愿也好，被动也罢，有意为之也好，顺其自然也罢，在一如既往的清晰讲述之中，她让她生命中另一个真实存在的重要个体以主体的方式呈现，敏锐的读者可立马察觉这种兼容或者说复合感，真与假之间有了更微妙的回声，现实与虚构之间的层级变得更丰富自然了，而这跟既往文学作品中作者多重人格解体或联合呈现的状况截然不同。

对这样一个自己，对写出这样作品的自己，她仍如往常般对自我和他人淡淡言说，带着一贯冷峻而幽默的语气，比如有这样的句子：

利雄中了我的毒，无可救药。

跟我生活在一起，不是件容易的事，在他人的心暴露之前就看穿了。“你很在意那个女人吧。”“你想打麻将了。”伴侣很累吧，事情也多。

虽然自称是奇妙的夫妻，但我们夫妻之间缔结的是不平等条约。

白发之前，白发之后，成为对方的奴隶，或者想让对方成为自己的奴隶，这种联系，这样两个人，分别等待着悲剧和喜剧。

一个女人到老，仍可像她这样，不自欺欺人。作为读者，读到这样成色的作品，欣喜若狂。但我也越来越担心远处迫近的脚步声。我越来越频密地给他们打电话。

每次，潘先生接起电话来，屏幕上都是他的一张笑脸，然后一声响亮的“哈啰”！见是我，他会冲着房间喊：“小原！李原！”

通常，他们会一起跟我聊电话。但焦安白的病好像让她有容易睡着的倾向，她睡觉的时间越来越多了。我不介意。如果屏幕前只剩潘先生一人了，就跟他聊“你怎么样，照顾别人也要照顾好自己啊”之类的话。很快，我察觉这样的问话，是我习惯于把潘先生视为焦安白生活中那个理所应当又贯彻始终的配角，至少从我的角度是如此的，我有些不好意思，又不知如何发问，只好说自己的生活。

他很有耐心，似乎我说的那些工作和生活的琐事都蕴含意味，都值得讨论。慢慢地，他仍在讲他们俩的生活细节，但角度跟以往我看到的不同，也带出一个过去我不太了解的生活中的焦安白。比如他说，不想让她一直卧床，天气好的时候，就把她扶上轮椅，跟陪护一起推她出去在附近散步。他俩有许多共同爱好，诸如享用美食，听摇滚乐，看电影，玩填字游戏，现在又发展出一项新的爱好——辨认犬种。公园里的狗性格不一，但湿漉漉的鼻头和纯真的笑容相似。

狗真是人类的好朋友啊，潘先生笑道。

这么喜欢小狗，焦老师会想给小狗写故事吧，我随口说。

他想也没想就说，是啊，好的不好的，她都会想写，停顿了几秒又说，主要还是好的。

我没问，但心里在想，焦安白写的书，潘先生看过哪些呢，在生活层面被看穿后，还要在书里再被看穿，这种事，几个人受得了呢。

就这么想着，屏幕上的潘先生突然说，她说现在我像妈妈，她自己不能洗澡，得靠我，真是奇怪的感觉啊，如果哪天好起来，不用利雄洗澡了，这奇妙的母女关系也就不用继续了吧。

我笑着说，咿，焦老师都瞎说些什么啊，怎么会是母女关系呢，加个定语“奇妙的”也说不通。

潘先生也笑了，嘴里说着是吧是吧，她这个人脑子里想的总是跟别人不一样。

过了会儿，没有预兆地，他说，我以为她不会再写我们之间的事了。她总是说，真相不值得写，我的理解是，我们是寻常又不寻常的夫妻，所以过去几十年里那些背叛、回归，互相折磨、地狱一样的日子……外人只看得到表面。她写的都是她想要的。最开始，我以为她在意形象，不想让别人知道她的生活，但现在，说不出来为什么，我同意她。有些事，并不值得说出来。那些真正想要的，才是真实的。我们之间没有道歉和原谅。有的……只是魔法。

什么魔法？我问。

可能有一点接近爱？他说。

我多少想到过，也猜到过，但没有想过潘先生的感受，会跟焦安白如此接近。作者没法在作品里掩盖最切身的感受，无论情节如何、角色是可爱还是可憎。我看到她在黑洞洞的深渊前闭上眼，抬头寻找光，说服自己也说服读者要相信光。这是一种决心，一种努力。读者可以被作者说服，但潘先生不只是读者。当他说他也相信，而且他们之间因此而跳出束缚时，他是真实的。我伸出手，拍拍屏幕上他的肩膀。

“嘿，我们在真真国呢！”我开玩笑道。

潘先生大笑。

“你怕不怕？”我笑着问。

“怕什么，同归于尽。”

他们搬去纽约后，跟女儿住同一个街区，医院也步行可达。潘先生从未提及他们生活中有什么不便之处，我也就觉得，这座城市他们原本就熟悉，如果看病方便又在女儿身边，应该是没什么顾虑了吧。只一次，他说经常路过的药房边有一棵梨树枯死已久，这天来了几个蓝领，用电锯把树锯倒，把枝干和树身捆扎起来运走，遗留一地锯末。他不经意般说，当年提前退休，辞去化工公司的工作，是因为发现工厂周围的树木枯萎了，鲸鱼不来了，心里很痛，自己已经这样工作了几十年，不再年轻，真要这样下去吗？就回家了。

我想象过阿拉斯加，甚至在网上搜索过阿拉斯加的食物，但树、鲸鱼、化工厂和他俩的生活这样组合出前因后果，还是让我惊讶。屏幕上，潘先生垂下眼帘，短暂沉默。我脑子里飞速转着任何可以打断他的情绪、让他高兴起来的说法，末了不知怎么说了一句，我可以陪你们去阿拉斯加，我会开车，带齐装备，焦老师坐后排就行。

潘先生抬起头笑了：“阿拉斯加不通火车，也没有公路过去！”

“啊？！”

“只有坐飞机，或者搭邮轮。”

“想要去的话，坐飞机也行啊。”

他停顿了几秒：“现在要回去，都像是去旅行了。”

我一边查看电子版的美国地图一边跟潘先生搭话，这才意识到阿拉斯加离纽约那么远，是个那么寂寞的地方。我们又说了几句别的什么，挂断了。我开始认真考虑我飞去纽约，然后带他俩回阿拉斯加的可行性，我知道这跟我在槟城给他们做水煮鱼或者教他们玩牌不同，旅途充满变数，我得做很多准备。

我在笔记本上迅速记下想到的待确认事项，甚至没想我从没去过美国，签证并不容易获批，而只想着我愿意为他们做这事，带他们去他们曾经的家。我得快一点。

我忙着买机票、办签证的那段时间，每次跟他们说到我的进度和细节，他们都打乒乓一般告诉我他们也在收拾东西、跟医院报备交接，还反复告诉我女儿很感谢我。他俩都很高兴，一边询问我的想法，一边告诉我阿拉斯加的种种。电话总是以笑声开始，以笑声结束。第一次，我觉得自己像许诺了生日当天游乐场之旅的家长，既开心又责无旁贷。

焦安白的身体明显好起来了，说话时间变长许多。一天，我讲到年底事情多，工作也要辞旧迎新，正头痛一些约稿难处理，名家撰稿最理想，但名家也不会都配合。她问我要约什么稿，我报出一连串名字，都是这一年去世的名人，要给他们找匹配的作者来写纪念文章。她说，她可以写其中一个人的纪念文章。她抬抬手臂，让我看她现在抬得动胳膊了，说这篇要自己动手写，还问我截稿时间，允诺一定准时交稿。我再三说不必为难，不必勉强，可她很坚持，说我给你写，我要给你写。

她说，这位她要写的李先生，是故人，是亲人。他们是堂亲，李先生的父亲就是焦安白的大伯父，李家原籍浙江，清末大伯父赴欧留学，回国后办教育，大伯父一家从此定居北京，堂兄长大后跟大伯父一样，成了教育家。焦安白笑道，如果没有在化装舞会上遇见潘利雄，她就得去考学，去北京念书，受大伯父管教，也许就是两样人生了。

以前我也听她说过她跟潘先生在李家舞会上相遇的故事，但这次，潘先生从她身后探出半边身子笑道，简直是个好梦！你焦老师穿着长裙子从楼梯上下来，我之前只见过她姐姐，没想到竟有个妹妹等着我呢！两人大笑。焦安白推潘先生要赶他走，潘先生走了，走几步又回头冲我喊，“这个大作家是我发现的！”

春节前，我收到越洋包裹。拆开后内层裹了隔脏的白棉布，棉布上是潘先生的笔迹，他用毛笔写了我和丈夫的名字还有“辛卯岁吉”四字。我喊丈夫来看。他边看边动手拆开包得密不透风的包裹，我走去一旁喝水。一个木匣子掉落出来，他捡起来时盒盖打开了，两坨圆圆的东西咚咚两声掉在地上。

什么呀，我问。

他继续拆，说，杯子，一对杯子。

我走过去，手指触碰到那对锡打的杯子的边沿，锡沁凉。不知为何，不安的预感涌出，我的胃突然疼起来。

我预订的是大年初三晚八点广州飞纽约的航班，途中经停夏威夷。农历大年廿八晚，我和丈夫按广东风俗行花街、采购年货，人潮汹涌中没听到手机响。回家路上发现了，打过去没人接，回到家再打，还是没人接。

第二天睡醒有一条语音留言：“我是陶陶姐姐，抱歉没接到来电，看到时我想国内已经半夜了，给你留言吧。妈妈昨天晕倒，入院抢救，现在还没脱离危险。按医生的说法，这次情况不乐观。爸爸情绪还算稳定，但也需要人看着。实在是感谢你为爸爸妈妈做的一切，但我想，这次他们去不了，至少短时间内不行了。我和 Joseph 都在，目前没什么能做的，除了等。有消息我就告诉你，请千万别难过。他们都是八十多岁的老人了，我们需要有心理准备。但愿 everything goes well[1]！其他先不说了，别担心，好好过年，祝你和家人春节快乐！”

陶陶姐姐说得对，我不该担心。她是建筑设计所的合

1 意为“一切向好”。

伙人，她丈夫 Joseph 是律师，他们能给一对老人最好的安排。虽然我不想承认，一直回避，但脑子里浮现出“老人”这两个字时，仍一阵心痛。我只能等待。可是怎么能不担心呢，考虑再三，我把机票延期了。除了改机票，我找不到别的事可以并需要立马解决。

我把一篇没写完的小说捡起来重写，故事三分之一处，主角突然开始反击，虽然她仍然看不到全局及终局，但她撕掉了自己和他人的假面。我想起潘先生的笑脸，突然想，同归于尽到底是什么意思？是字面的意思吗，还是我现在并不会明白。

春假还没结束，地铁车厢里一个个鼓鼓囊囊羽绒服包裹着的身体上面，不再只是平日青壮年疲惫的脸和头颅，还有白发、鬏鬏、婴孩柿子般嘭嘭弹动的脸蛋。广州的冬天，地铁里仍旧开冷气，热乎乎的人潮与丝丝凉意混杂，我牵住丈夫的袖子，把脸靠近他的肩膀。有些时候，我会感激能置身于人群之中，此刻也是，让我觉得自己的情绪被一个个头颅和身体上散发出的能量与热量稀释，无须相识，无须交谈。离家还有两站，我突然决定下车。这一站有个书店。

焦安白的新书《燃》摆放在书店入口处文学新书的货架上。其他推出新著的作者占据了更抢眼的位置，迟子建、伊恩·布鲁玛、莉迪亚·戴维斯、周有光、余华……《燃》的四周是《塞拉菲尼抄本》《杨牧诗选 1956—2013》《童年时光》《身为心役》《奥斯卡·王尔德传》。她仍是重要的作家。

我对着光彩熠熠的书堆拍了张照，想着要发给焦安白和潘先生看，这是他俩头一次合力完成的一本书，也是我心中焦安白最好的一本书。

接下来的那段时间，我的世界里时针一会儿走得极快，一会儿又凝滞不动，身体被这变幻不定的速率带着，哐哧哐哧在过山车上摇摆。支撑着我在这里把这部分讲完的，是我不接受死亡作为故事的终点。

我请病假在家，却不怎么休息，我不知道怎么才算休息。

每天早晨醒来，点两支小蜡烛，放在那本跟了我十几年的《梨》前面。蜡烛要三小时才燃尽。

我写了一篇小说，讲一个人在她一生中反复爱上另一个人，她没有察觉，等察觉后已走到人生的终点。

又写了一篇小说，讲一个在剧院衣帽间工作的服务员，喜欢把不同的帽子戴在自己头顶上扮不同角色，直到某天一顶帽子走丢了，她决定去找回这顶奇怪的帽子。

说不好我在回避什么，我在怕什么，这些小说本质上与我无关，或者说，不是真的要紧。我伸手摸摸脸，鼻子还是鼻子，眼睛还是眼睛。我不是Miko，不是。

我想起跟焦安白走去棒球场时，如果那天她不在，我一定会避开那迎面飞来的棒球。而现在她真的不在了。少年们仍在跑动，红色的粉尘，金色的光线。我可以继续闭上眼，也可以睁开。那天真热。

热风中，我看见紧闭双眼的自己，怯懦，脆弱，手紧张地握拳，汗从额头流下来。是的，她不在了，可是她仍跟我相连，她带给我的东西没有消失。我开始爱这个怯懦的脆弱的过去的也是现在的我，不再为她羞怯或难过。我再次打开电脑。

好消息。坏消息。这种分类、这种分别看似固着，如若放进漫长的时间进程中检视，却几乎没有差别。

焦安白去世后，潘先生独自生活，他成了罕见的高寿而健康的鳏居老人，直到后来，他在九十二岁那年的一个清晨，于睡梦中安然去世。

关于自己的健康和长寿，他开玩笑般跟我说过，还没退休时，他心脏不太好，在医生的建议下每天走一万步，可是长年在实验室、办公室里转，根本就没有运动的习惯，有时候只走到六千步就坚持不下去。托你焦老师的福，开始照顾她后，很快，每天的步数就超过了一万步，都不用去想锻炼的事，多亏了她，心绞痛一次也没有发作过，也不担心手术的事了。

关于我们未竟的旅行，他似乎忘记了，或者看不见的神力悄悄挪动、修改了他的记忆。

我听见他说，我们在槟城分别后，他带焦安白回美国看病。癌症复发可怕，也不可怕，不是第一次，你就有许多准备了。一天，他跟主治医生提出说，要带焦安白去阿拉斯加旅行，还说，为了这次旅行，他重新练习开车，已经有好一阵了。医生虽然吓了一跳，但还是跟他说，这可能会 cheer her up [1]。重回二三十岁时生活的地方，真是不一

1 意为“让她开心”。

样啊。我们年轻的时候，居然居住在这么寂寞的地方，只有飞机能去的地方。但回想起来，那时一家三口都很健康，是难忘的年代。坐飞机长途旅行对她来说好像很累，但从窗户看到阿拉斯加的原生林，她还是流下眼泪。像家人一样来往的朋友，现在都七十多、八十多岁了，跟人拥有回忆，回忆在对方身上开花结果……我当时就想，走的时候，她一定会哭的，她就是个孩子。

三年后的一个傍晚，我接到一个陌生来电。一个轻快的女声通知我得了N城的文学奖，她说，恭喜，祝贺，来过N城吗，欢迎夏天时来N城，来领奖。

放下电话我站起来。书桌上台灯照亮我打开的电脑屏幕，光标在文档页面上刚写出的句子末尾跳动。这天跟我辞职后的每一天没有两样，我仍钉坐在书桌前跟键盘搏斗，幼儿园放学了的孩子们仍在院子里尖叫，甚至，光线与空气，书桌上散落的笔、黄铜小猫摆件，都一样。但我知道，此刻开始不一样了，我对着黑暗的宇宙深处发出信号，一次又一次敲击，此刻闪回了微弱的回声。它不是可被外部看到及理解的那样，不是奖金、报道、掌声，不是这些，而是那个我内心呼喊了无数次终于得到回应的小小孩，她的声音被确认，被接收，被回应。

我想马上告诉焦安白这一切。冲她尖叫，大笑。不是关于我做到了，而是我发现了。她早就发现的事，狂喜与悲伤。

故事回到起始处，开始的开始。八年后，我重访 N 城。

电话里，意儒说民宿没开了，这两年什么都不同以往，开不下去了，或许也厌烦了，她搬离了万华，现在住在一座什么山附近，我没听清。她还记得我，我们还能通电话，这已经让我欣喜，寒暄完毕准备挂电话，意儒突然问，是来旅游吗，这次要不要去南部啊？我犹豫了一下，告诉她我得了一个文学奖，这次去领奖，顺便玩玩。意儒竟然知道这个文学奖，还跟我念叨着这个奖上一届的获奖者和他的小说，兴奋、热情，跟我认识她时一样。我们约好在 N 城碰面，不管是在诏安街附近还是在什么山脚下。

我还是想住在诏安街，至少在那附近。如果可能，也想去焦安白当年借住的那座宅子看看。我想起褚伟廉，N 大英文系的教授，在月光下流泪的人。我登陆 N 大的网站，找到英文系的页面，试着给他的办公室打电话。原来他已经退休了。打了几次都没人接，我给页面上那个看起来很官方的邮件地址写邮件：“褚教授您好，冒昧打扰！我是焦老师焦安白的学生，2009 年夏天，我们……”邮件末尾留下了我的手机号。

颁奖礼轻松随意，别人说了什么，我说了什么，我都不太记得了，只模糊有印象我感谢了杨德昌。当晚有一场临时起意的宵夜，在一座桥下的露天烧烤档。人多，慢慢就换位置方便交谈，我换到一位剧作家身边时，聊得比较久，末了，很意外地，他说他住在诏安街，搬去那里有三四年了。他喜欢那边混杂的气氛，又因为养狗，两条大狗，需要院子，那里透天的小房子和临近的青年公园、运动场刚好满足要求。我听他说着，问他，你住诏安街多少号？他说 29 号，问，怎么？

我说，我有个朋友以前住在 27 号。不过是八年前。

他也觉得不可思议，喃喃道，真是巧，停顿了一会儿又说，我听人讲以前焦安白在 27 号住过，你知道焦安白吗？很厉害的前辈作家。

我笑了，说我知道啊，我知道。

他看我一眼说，你的朋友不会就是焦安白吧？

我不知道该说什么，问，你认识她？

我怎么是认识她，我崇拜她！

我想是桌上的几个啤酒空瓶让他这么激动，于是不作声。

他把椅子拉近些，说20世纪90年代，他考上N城的大学，第一次看到根据焦安白的剧作排演成的剧目《对错之间》，就立志要当一名剧作家。那时他没读过焦安白的书，不知道跟剧作相比，她写得更多的是小说，但没关系，在他心里，她就是剧作家，小说家千千万，好的剧作家何其罕见！而剧场是什么，是行动！他越说越大声，还叫店家再开啤酒。

我逗他说，她不是剧作家，她是诗人。

对！你说得对！她是诗人，是了不起的诗人！剧场就是流动的诗……

他滔滔不绝，像是被隐形的火柴擦亮了体内的烛芯，讲他写了哪些题材，哪些剧目成功，哪些剧目一个观众都拉不来，怎么跟剧评家打笔仗，怎么被剧团成员背叛，怎么在欧洲街头卖艺……他站到椅子上，就要振臂大喊。

文学奖秘书长俯身在我耳边低声说，他喝多了喝多了。也只是说说，大家继续举杯碰杯，没人阻止这位堂·吉诃德。

我撕开桌面上不知哪个人放的报纸，折一只纸飞机，对准堂·吉诃德掷出去。明明是瞄准他的眉心，想戳醒他，纸飞机却飞不了那么高，绕着他转了半圈，往低处去了。

他从椅子上跳下来，去追纸飞机。随着风往桥底河边去。我疑心他跟我一样疯，看见的跟旁人不一样，也想起宇航员乔·艾伦给阿瑟·克拉克写的那封信："敬爱的阿瑟：当我还是小男孩的时候，就被你的写作虫和太空虫感染了，可是你没告诉我，不管当哪只虫都很辛苦。"

第二天一大早，我去诏安街 29 号敲门。堂·吉诃德见是我吃了一惊，招呼我跟他们一家一起吃早餐。他们一家包括他、他太太、他妈妈、他爸爸、他阿嬷和他的一儿一女，还有两只狗。我把肉松泡进白粥里，稀里呼噜吃了一碗。阿嬷又给我添一碗，我只好又吃掉了，吃完捂住碗口，才能阻挡这家人的热情。

二楼窗口正对 27 号的院子。水缸还在，盆栽却都不见了。我仔细看这座曾无比熟悉的宅子，比对着记忆和想象的尺寸。

堂·吉诃德说，这房子现在挂牌待售，然后又说了些什么，我没太注意。

过了会儿，我说，我得进去看看。

怎么进去?

有梯子吗，有的话借我。

爬到梯子顶端时我回头看了看，堂·吉诃德和他太太一左一右扶着梯子，两个孩子仰脸冲我笑。我也笑了，翻过墙，跳下去。墙背后哇哇几声喊叫，我爬起来回喊了声“没事！”。

门和窗户都关着，自然。我趴在镶花玻璃上往黑洞洞的屋内看，完全看不清。用力推门，纹丝不动。我绕到房子后面去。厨房窗紧闭。但，卫生间的窗户改造了，不是原本的木棂窗，而是一扇窄窄的铝合金窗，半开着。焦安白洗手、洗脸、洗澡都用皂，第一次在这里洗手时，我抓起那块青得近黑色的皂，在水龙头下搓起泡沫，味道在皮肤上留存了很久。她告诉我，那是广藿香、艾草和香茅制成的皂，所以味道独特。此刻，我翻窗进去，站在逼仄的淋浴间里时，又闻到了这味道。我知道也许是错觉，但这错觉让我有欣快的心情，我一动不动地站着，手扶着淋浴间的门把手，等待积聚出足够的勇气。

我脱掉鞋，提在手里，走到客厅去，然后上二楼，焦安白用作茶室、画室的房间。没有家具了，空荡荡的屋子里只保留着曾待在这里的她或我及其他我们认识的人的声音，而那曾经的她或我及我们，早已消失。但有些东西在消失后继续振动，我闭上眼，是她海葬时的波浪，波浪涌起、叠加、退落，叠加时白得发亮，退落时破碎成灰，但仍可凭对色彩的直觉将拼图重新搜集，直到风景再现。我得到确认，在这座我们共处时间最长的房子里，她教给我的，她留给我的，不是别的，而是对浪漫的信念，生之激情式的浪漫，她说，"跟罗曼蒂克无关"，她说得对。或许还有一点，是她从我身上激发出来的——我想要亲眼看看，于是闯进屋子，赤脚站在此刻与回忆里。直觉、行动、临在……无论如何给这些感受命名，总之，我不再被自己困住了。

跟堂·吉诃德说再见时，我突然意识到，原来堂·吉诃德也可以三代同堂，他的生活真实、切近，丰富，如同人本身。

我接过小女儿递给我的一块小石子，揣进兜里，快乐地沿着这条我走过无数次的巷子往外走去。

果汁铺还开着，我买两杯西瓜汁，一左一右，两只手提着两杯半升装的西瓜汁，不知道要走去哪里，走去哪里都可以。

在N城剩下的几天，我像是在处理阁楼里收藏多年的百宝箱。那些不知何时捡拾的羽毛、旧报纸、仍散发香味的橡皮般的记忆图章，收纳在N城的角落，我一一确认，把它们归入记忆的档案柜。长了几岁也是有好处的，有些事太年轻时察觉不了，接不住也藏不住，而此刻只是刚刚好。

我把手轻轻伸向意儒怀里的婴儿，刚碰到那只粉色的小手，她就一把抓住了我的手指。

嗬，力气真大。我满是赞扬。

意儒亲了亲孩子的头顶，说，要不要闻？

闻什么？

闻什么？！跟你说，这是生命的味道！

咿……你现在真是够呛。

我边抗拒边把鼻子凑近孩子的头顶，抬头时发现意儒圆睁着眼睛看着看我。

怎么样？

什么怎么样？我撇了撇嘴。

赛过香奈儿。

你怎么知道?！我从包里掏出一瓶香奈儿可可小姐香水递给意儒。

破费啦!

拆开啊。

干吗啊?

拆开。

她拆开了。

喷，对着空气来一下。

她按了两下喷头。

怎么样?这下换我发问了。

诶……她的声音轻飘飘的。

我也去看婴儿用品了，看来看去，觉得还是送礼物给你比较对。

我喜欢。谢谢。

别忘了。

别忘了什么?

二十岁的味道啊，快忘了就喷喷。

我俩一起大笑。

我上出租车时，意儒伸手拥抱我，孩子夹在我跟她之间，很柔软。

我让司机往万华开。我说不出那个球场的名字，只能说出大概位置，司机倒是一听就明白，还问我是不是要去打球。我说不是。观后镜里司机看我一眼，又问，看朋友打球啊？我笑了，说，去找男朋友。司机也笑了，说我们N城的男孩子真的好。我张嘴就想反驳，但停下来了。焦安白会怎么让司机讲故事？于是我说，你一定有故事吧。剩下的路程里，司机就用他的故事把时间填满了。像此后某些我不怀期待的时刻一样，故事携带惊喜降临，来自他人的生命脉动，依凭着好奇、善意与耐心作门票，源源不断进入我的生命。

独自站在球场边时，我有些高兴我长大了，又有些伤感我真的只能一个人了，更复杂更不能说清的感受，来自我意识到一个人的质地是什么。可能我来的不是时候，球场上没人，只有零零散散几个我这样不知身份不明目的的路人，在球场外面站着。我蹲下，躬身，用力掷出不存在的棒球。神奇的是，球场另一头，一个看不清脸孔的人，对着我抛出的巨球跑去，喊了一声“嘿”，然后冲我招招手。我于是张开手臂冲他或她挥舞。他或她继续挥舞。

当晚，我第一次在网上搜索焦安白逝世后的纪念文章。有人集合了大部分文章，放在授予焦安白博士学位的大学的一个专门的纪念页面上，点进去几乎滑不到底部，太多了。

最前面的文章是她的同代人写的，是焦安白的中学甚至小学同学，经历了数次战争，新中国成立后留在国内，罕见的高寿者。都是学者、名家，他们住在北京或上海。有人作七律，有些写诔文。

跟着是北美的朋友、同学、合作者（出版人、编辑、戏剧导演）。他们谈去国与归国，讲 20 世纪 60 年代、70 年代、80 年代和 90 年代，在他们的记忆与讲述里，每个年代都截然不同、轰轰烈烈。

然后是甘肃的朋友、同行、学生。研究敦煌学的几位学者，当地中学小学的校长。他们主要讲他们了解的事，焦安白在敦煌、在甘肃的所言所行。

后面名单长得没边的是各种作家、诗人、剧作家、导演。

我合上电脑。

焦安白来自一个我无缘经历、只能想象的时代，那个时代跟所有时代一样，最好亦最坏。跟所有这些见过她、认识她的人一样，我看到的是她的局部，只跟她共享她生命中的某一段时光。也跟他们一样，我能讲出的，只是我能理解、能想象的焦安白。但我拒绝拆解，拒绝得出结论，甚至拒绝像这样把记忆中的事实模块一般写出来。构成她的绝非这些要素。她在真真国。

纪念文章想说明她的“价值”，证明她的“成功”，但这些对我来说远远不是她所带来的、所留下的东西的核心。如果她没有写作呢？像一些我认识的人那样，他们有着丰富的心灵、深邃的思想，一生未著一字。我想我没有被这些写文章的人的名字吓住，我不同意，但此刻我还不能准确说出自己的感受。

好些年后，读尤瑟纳尔时，我明白了当时我感受到的、确认的是什么。1929 年，尤瑟纳尔在一篇叫《坟墓》的文章里写到一位叫让娜的女士，一个她生命中极其重要的人，尤瑟纳尔是这么写的：“她去世时还几乎很年轻，在衰老的考验来临之前，尽管她不惧怕衰老。她的一生，比之她的作品，给我更完美的印象……即使让娜·德·维坦霍夫什么也未写过，她人格的高尚也并不因此而稍减。只不过很多人会对她闻所未闻。世界就是如此，一个人最罕见的品质应当永远不为另一些人所知……她如此热爱的现世生活，对她而言不过是永恒生活可见的一面。她接受死亡就像它是一个比其他夜晚更加深沉的夜晚，随之而来的是一个更加明亮的早晨。但愿她是正确的。但愿坟墓的分解不要终止如此罕见的发展；但愿死亡对于这样的灵魂只不过是另一级阶梯。”

像焦安白说过的那样，最紧要的不过是，在切近真的过程中，知道何以为生。

到这里，似乎我讲完了，或者我该讲完了，但就像返场时的掌声比落幕时的更热烈，而演员在完成演出放松后总是闪动着即兴的激情与小小的奇迹一般，生活本身就像魔术师藏在袖子里的鸽子和永远倒不满的酒杯，而故事的齿轮在主角离场后才真正开始在读者心中转动。

临走前，褚教授找到我，在N大给他特别保留的办公室里，他从书柜顶上取下包得严严实实的画框。八年前，焦安白最后一次来N城时画的那幅自画像，她留给了褚教授。

她说让我烧掉，褚教授说，遗愿之一。

你没有烧，我心里想，也没有挂起来，嘴上对他说，你怎么不照她说的办呢？

她说什么皮相一时，画皮万千，我没当真。

你觉得她是个什么样的人？我问。

第一次爱，是爱自己内心的投射。第二次爱，是爱对方真实的模样。第三次爱，是不以爱为目的，却自由地继续爱下去。他答非所问。

沉默了好一会儿，他又说，这一次我不想按她说的办。

你知道她最后一本书的名字吧？我说。

《燃》？

《燃》。

我烧掉了还剩什么呢？

有什么关系。你看见过她。你爱她。

六年后，上海的一个阴天，我打车去南京西路背后的焦公馆。这座豪华的宅邸已然没落，被一堆建于20世纪90年代的高层公寓簇拥，显得矮了，旧了。大铁门虚掩着，保安应是走开了。我走进去。

外表虽年久失修，从一楼厅堂开始，却处处是惊人的华丽。我沿着暗色木楼梯旋级而上，暗绿色地毯吸收了脚步声，只有光线透过彩色玻璃窗轻微浮动出的时光暗响。

儿童时的焦安白，也像后来许多日子里那样，笑着，说着话，给身边的人带来许多震动吧。那即使到了暮年，一头银发之时，也仍让人震惊的机智、活力与美，在空荡荡的旧宅里如光晕般回荡。

二楼一扇双开木门打开了，一个中年男人走出来，问我，找谁？

我说，进来参观。

这里不对外开放，他说。

我应了声，抬头看一眼枝形水晶吊灯，转身离开。心里默默道，我来看过你小时候的家了。我在过自己想要的生活。懂得并允许自己幸福。你在笑了吧？笑着对我说，何以为生。

本书为上海市作家协会重点创作项目